www.tredition.de

AF204884

Geschichten aus dem Leben. Die meisten haben mit Abschied zu tun. Weil aber Abschiede immer Anfänge nach sich ziehen, behält die Hoffnung das letzte Wort.

Josefa Bissels schreibt seit gut zehn Jahren vor allem Kurzgeschichten.

Die ehemalige Religionslehrerin und spätere Dozentin für Deutsch als Fremdsprache lebt im Sommer häufig auf der Havel bei Potsdam, sonst am Niederrhein.

Josefa Bissels

Abschied

Erzählungen

www.tredition.de

© 2010 Josefa Bissels

Verlag: tredition GmbH
ISBN: 978-3-86850-856-7
Printed in Germany

Bibliografische Information der Deutschen Nationalbibliothek:

Die Deutsche Nationalbibliothek verzeichnet diese Publikation
in der Deutschen Nationalbibliografie; detaillierte bibliografische
Daten sind im Internet über http://dnb.d-nb.de abrufbar.

Inhalt

Herbstzeitlose

Mitten in der Nacht saß sie plötzlich aufrecht im Bett und wusste, dass sie den Zettel suchen musste. Er lag irgendwo in den Kartons, die seit gestern in ihrer Wohnung standen, und hatte sie aus dem Schlaf geholt.

Sie hätte am liebsten sofort damit angefangen, aber dann würde sie Philipp wecken, der ruhig neben ihr atmete.

Mit ihm hatte sie am Abend vorher den Sommer verabschiedet. Sie waren am Rhein gewesen, hatten flache Kiesel tanzen lassen und später im Sand gesessen, bis es dunkel wurde. Dass die Luft so mild war im Oktober, war ihr unwirklich vorgekommen. Wie die vorbeiziehenden Lichter der Schiffe, wie das Glück, das seit einiger Zeit einen festen Platz in ihrem Leben hatte.

Später waren sie noch essen gewesen, und Philipp hatte versucht, die Stimmung auszunutzen. Ihre Ausgelassenheit, die nicht von dem bisschen Sekt kommen konnte, den sie sich ausnahmsweise erlaubt hatte. „Zieh wenigstens zu mir, Annaschatz", hatte er gesagt, „wenn du mit dem Heiraten unbedingt noch warten musst."

„Ich liebe dich", hatte sie geantwortet. „Ich liebe dich, ich liebe dich." Aber wie immer war sie nicht bereit gewesen, ihre Wohnung aufzugeben.

Sie stopfte sich ein Kissen in den Rücken und lehnte den Kopf an die Wand. Der Zettel musste zwischen den Briefmarken liegen, dem Nachlass ihres Großvaters.

Sie schloss die Augen, sah sein altes Gesicht vor sich. Stand wieder vor dem doppelt ausgezogenen Eichentisch und sah auf die Reihen bunter Bildchen, die für sie alle verkehrt herum lagen. Von der anderen Tischseite beugte sich der Großvater mit Lupe und Pinzette mal über diese, mal über jene Briefmarke, verschob sie vorsichtig, legte neue dazwischen. Manchmal erklärte er ihr etwas, manchmal zeigte sie auf ein Motiv, das ihr auffiel. Er nickte, hustete, lächelte, die Pfeife im Mund.

An einem dieser Briefmarken-Nachmittage hatte er ein Stück Papier genommen und gesagt: „Ich muss aufschreiben, wohin sie deinen Vater umgebettet haben."

Annas Vater war sein Sohn, zu Beginn des zweiten Weltkriegs in Frankreich gefallen. Für Volk und Vaterland den Heldentod gestorben.

Anna hatte nichts erwidert, den Zettel angestarrt, auf den der Großvater schrieb. Er war etwa so groß wie eine Postkarte, gelblich, an einer Seite abgerissen. Und sie hatte aufgepasst, wohin er den Zettel legte. Zugesehen, wie er in einem der länglichen Behälter mit den Tütchen voller Briefmarken verschwand.

Anna kannte ihren Vater nur von Fotos. Als sie geboren wurde, war er schon einen Monat tot. Alle sagten, sie sehe ihm ähnlich, aber sie hätte lieber ihrer Mutter geglichen, die blaue Augen und schwarze Haare hatte.

Irgendwann musste sie dann doch noch einmal eingeschlafen sein. Philipp weckte sie mit Kaffee. Sofort fiel ihr der Zettel wieder ein. Sie würde nach dem Frühstück danach suchen. Philipp musste zur Arbeit, während für sie die Herbstferien begannen.

Der erste Karton, den sie untersuchte, enthielt fast nur Alben. Die wenigen Behälter mit Briefmarkentütchen waren schnell nachgesehen. Kein Zettel. Der zweite war bis oben hin mit Alben gefüllt, da brauchte sie es gar nicht zu versuchen. Als sie den dritten öffnete, lagen die länglichen, außen dunkelroten Kästchen vor ihr, an die sie sich gut erinnerte.

Sie sah sich das erste genauer an, schob die Pergamenttütchen zusammen. Es roch wie damals nach Tabak, Staub und fremden Ländern. Mit Herzklopfen und wachsender Enttäuschung stapelte sie die untersuchten Behälter auf dem Fußboden auf.

Bis sie den richtigen in der Hand hielt. Einmal geknickt, steckte der Zettel seitlich neben den Briefmarken. Quer waren drei Zeilen darauf geschrieben, mit Tinte, die Buchstaben teilweise in der alten Sütterlinschrift.

Anna setzte sich auf einen der Kartons und versuchte zu entziffern, was da stand. Umgebettet von Toul nach… Es folgte ein Wort, das mit L anfing, für sie aber nicht zu entziffern war. Sie überlas es, würde im Atlas nachsehen. D-e-z-Punkt, buchstabierte sie. Hieß das Dezember oder vielleicht Dezernat, was sie vermutete, denn es folgten zwei Bezeichnungen, die sich nach Bezirken anhörten: Meurthe et Moselle. Von Mosel wahrscheinlich. Frankreich. Grab Nr.1015.

Sie saß auf dem Karton und starrte den Zettel an. Er hatte ein eigenes Grab! Lag nicht mit vielen anderen zusammen in einer großen Grube, wie sie immer gedacht hatte. Aber sie hatte ja gar nicht daran gedacht, seit mehr als fünfzehn Jahren nicht.

Sie nahm den Atlas und begann zu suchen. Verfolgte mit den Augen die Mosel: Trier, Metz, Nancy und, kleiner gedruckt, Luneville. Verglich mit dem Zettel. Es war eindeutig, das Wort, das mit L anfing, war Luneville! Bei genauerem Hinsehen stellte sie fest, dass der Fluss, an dem Luneville lag, Meurthe hieß.

Es gab also einen Ort. Den sie jetzt kannte. Zu dem sie fahren konnte. Ihr Vater lag auf einem Soldatenfriedhof in Frankreich, gegenüber dem Schwarzwald. Von Köln an einem Tag leicht zu erreichen.

Die nächsten Stunden verbrachte sie damit, Fotos von ihrem Vater zu suchen, vertiefte sich in das fremde Gesicht, das ihr immer vertrauter wurde, bis die Ähnlichkeit mit dem eigenen sie erschreckte. Sie trat mit einem Foto vor den Spiegel. Die gleichen vollen Lippen, die rundliche, für einen Mann ungewöhnlich weiche Gesichtsform, der skeptische Augenausdruck.

Ob er ihr, nein, umgekehrt, sie ihm nur äußerlich ähnlich war, oder ob es zwischen ihnen eine Seelenverwandtschaft gab, gegeben hätte?

Sie machte sich einen Kaffee und setzte sich wieder an ihren mit Fotos übersäten Schreibtisch. An der Tasse nippend versuchte sie, alte Geschichten über ihren Vater aus dem Gedächtnis zu graben, Sätze, Gefühle. Hörte die Mutter „Kanonenfutter" sagen, wenn die Rede darauf kam, dass er freiwillig in den Krieg gezogen war. Freiwillig! Weil der Großvater sich vor dem ersten Weltkrieg gedrückt hatte. Gebiss aus dem Mund genommen, sich krumm gemacht, taub gestellt. Nicht tauglich. Und ihr Vater hatte sich vor seinen Freunden geschämt, denn deren Väter waren alle Helden gewesen. Das wollte er seinem Sohn nicht antun. Mein Gott! Er hatte es für sie getan! Seine schwangere Frau verlassen, damit das Kind einen Helden zum Vater hatte!

Hilflos saß sie vor den Fotos und weinte. Sah ihren Vater als Kind auf den Armen der Großmutter. Sah deren Gesicht vor sich, das in unbeobachteten Momenten in eine Art Schmerzstarre zu fallen schien, vor der Anna regelmäßig verstummt war. Sah ihn als Konditorlehrling, den Großvater daneben. Der hatte es mit Lächeln versucht, tapfer, das einzige Kind ein toter Held. Sah den glücklichen Vater, einen Grashalm zwischen den Zähnen, Arm in Arm mit der Mutter. Die er für Anna verlassen hatte. Die das Wort „Lungenschuss" immer so aussprach, dass neben dem Unglück Zorn darin vibrierte.

Irgendwann sah sie auf die Uhr, putzte sich energisch die Nase, suchte Fotos zusammen, die sie mit zu Philipp nehmen wollte. Sie sehnte sich nach ihm, würde ihm alles erzählen, mit ihm darüber sprechen.

Als er die Wohnungstür aufschloss, hantierte sie in der Küche. Sie freute sich über seine Freude und über die Frage in seinen Augen, die zeigte, dass er die Spuren ihres Weinens sofort bemerkt hatte.

Seine Umarmung, sein Lächeln - . Sie zeigte ihm den Zettel, breitete die Fotos vor ihm aus, erzählte. Sein Interesse lockte Geschichten aus ihr hervor, von denen sie nichts mehr gewusst hatte. Sie zeigte ihm den Ort auf der Karte. „Ganz einfach", sagte sie. „Morgen früh fahre ich. Ein Mal übernachten. Übermorgen bin ich wieder da."

Er antwortete nicht.

Sie stand auf, machte die Suppe warm, legte Teller und Besteck auf den Tisch. Er sah ihr dabei zu. Sie fing seinen Blick und hielt ihn fest. „Dass ich dir das alles erzählen kann!", sagte sie langsam in sein Schweigen hinein. „Dass es dich überhaupt gibt!" Aber dann musste sie sich schnell abwenden.

Wenn er seine Gefühle nicht zeigen wollte, tanzte die linke Augenbraue ein bisschen aus der Reihe. Es sah aus, als wollte sie davonfliegen. Anna liebte die Flugversuche seiner Augenbraue, auch wenn sie jetzt Abwehr verriet.

Beim Essen fragte sie ihn dennoch, ob sie für die zwei Tage sein Auto leihen könne.

„Lass uns zusammen hin fahren, am Wochenende!"

„Das geht nicht", sagte sie erschrocken, weil ihr klar war, was kommen würde. Er war bestimmt schon wieder voll Sorge um sie. „Ich muss jetzt meinen Vater suchen, weil er mir auf einmal so nah ist. Und dazu muss ich alleine sein."

Sie machte eine Pause, suchte seine Hand, die er ihr entzog. „Du bist schwanger und ich will nicht, dass du eine so weite Strecke alleine fährst", brach es aus ihm heraus.

„Ich verspreche dir, auf uns aufzupassen! Der vierte Monat ist günstig für Reisen. Ich mache viele Pausen, ganz bestimmt."

„Und dann ins Ausland!"

„Mein Gott, wir leben nicht im Mittelalter, sondern im Jahr 1970. Und Französisch war mein Lieblingsfach."

„Wenn ich mitfahre, kann ich dich entlasten. Das Hotelzimmer besorgen, tanken und was sonst nötig ist. Ich lasse dich ganz in Ruhe. Aber ich lasse dich nicht alleine fahren!"

„Es tut mir leid, aber du störst. Wenn ich nicht alleine fahren kann, ist es sinnlos."

„Du bist stur wie…" Er suchte nach Worten.

„…wie Anna", kam sie ihm zu Hilfe und lächelte ihn an in der Hoffnung, dem Streit die Spitze zu nehmen. Aber er war zu verletzt, sah auf seine Hände hinab.

„Du weißt doch, wie wichtig es mir ist, selbständig und unabhängig zu sein." Sie suchte immer noch vergeblich seinen Blick. „Nicht mal meine große Liebe wird mir das austreiben", sagte sie mehr zu sich selbst als zu ihm.

Er nuschelte etwas, aus dem sie das Wort ‚Emanze' zu verstehen meinte. Das traf sie.

„Ich brauche niemanden", verkündete sie laut.

Er stand auf und schüttelte sich wie ein Hund, der aus dem Wasser kommt, ging ans Fenster und sah hinaus. Sie betrachtete seinen Hinterkopf. Er hatte dichtes Haar, dunkel und gelockt. Vielleicht würde ihr Kind seine Haare erben. Der Wunsch, ihn zu berühren, wurde so groß, dass sie zu ihm ging und ihre Hand auf seine Schulter legte. Im selben Moment drehte er sich um und sagte heftig: "Du bekommst das Auto nicht!"

Bevor er sich wehren konnte, küsste sie seine Augenbraue und sagte: „In Ordnung." In der Türe rief sie noch, dass sie vom Hotel aus anrufen werde.

Wenigstens war er jetzt nicht nur traurig, sondern auch wütend auf sie. Das war leichter zu ertragen. Trotzdem wäre sie am liebsten umgekehrt, als sie draußen zu seinem leeren Fenster hoch sah.

Da müssen wir jetzt durch, sagte sie im Tempo ihrer Schritte vor sich hin, immer wieder. Da-müs-sen-wir-jetzt-durch!

Zu Hause rief sie Birgit an, die ein eigenes Auto hatte.

Mit dem Gedanken an Philipp schlief sie ein. Als sie aufwachte, war ihr, als hätte sie von ihm geträumt. Aber die Traumfetzen entzogen sich.

Überhaupt erschien Anna an diesem Morgen alles merkwürdig entfernt. Birgits hilfsbereite Freundschaft. Das fremde Auto, mit dem sie zur Tankstelle fuhr. Der Verkehr, der abnahm, je weiter sie sich von Köln entfernte.

Die erste Pause machte sie auf einer Anhöhe in der Eifel. Im Tal lag noch Dunst. Sie aß eine Banane, trank Tee aus der Thermoskanne und fragte sich, ob ihr Vater lieber Kaffee oder Tee getrunken hatte. Auf den Beifahrersitz hatte sie ein Foto von ihm gelegt, eins der letzten, schon in Uniform. Ob er stolz darauf gewesen war?

Sie nahm die Karte, sah auf die Uhr, überschlug die Zeit. Wenn sie gegen zwei an der Grenze war, konnte sie bequem vor der Dämmerung in Luneville sein.

Sie setzte ihre Fahrt fort. Machte Pausen. Suchte in der Erinnerung nach Aussagen über ihn und versuchte, aus den gefundenen Stücken einen Menschen zusammenzusetzen. Da blieben zu viele blinde Flecken.

An der Grenze kam sie eine halbe Stunde früher an als erwartet, sprach die ersten französischen Sätze.

Bald breitete sich die wellige Landschaft Lothringens vor ihr aus. Von jedem Hügel konnte sie weit über die umliegenden Höhen und Täler sehen. Sie fuhr durch einsam gelegene Dörfer, fast menschenleer. Dass in dieser verwunschenen Gegend Soldaten sich gegenseitig umgebracht, die Erde aufgerissen hatten, kam ihr vor wie ein Sakrileg. Als sie immer öfter eigenartig gefärbte Felder sah, hielt sie an und stieg aus. Ging ein paar Schritte auf den Acker. Konnte nicht glauben, was sie sah. Tausende Herbstzeitlose breiteten ein helles Violett über die Erde. Das hatte sie noch nie gesehen. Die Sonne im Rücken blickte sie über die lila Hügel. Weinte und konnte sich nicht losreißen. Spürte einen eigenartigen Trost aufsteigen: Es war Sommer gewesen, da hatten die Herbstzeitlosen noch nicht geblüht.

Während der restlichen Fahrt saß ihr die Sehnsucht nach Philipp wie ein Kloß im Hals. Sie wollte wissen, wie es ihm ging, wollte seine Stimme hören. Vom Hotel aus rief sie ihn sofort an. Erst als er nicht abnahm, sah sie auf die Uhr und stellte fest, dass er noch gar nicht zu Hause sein konnte.

Sie kaufte eine Karte von der Umgebung und breitete sie auf dem Bett aus, fand den Friedhof sofort. Er lag etwas östlich von Luneville.

Als sie mit Herzklopfen ein zweites Mal anrief, war er sofort am Apparat. Mit einer Stimme, die sie nicht von ihm kannte. Sie spürte ihre Hände feucht werden, während sie kurz von der Fahrt erzählte. Als er keine Fragen stellte, sondern beharrlich schwieg, fragte sie ihn, wie es ihm gehe. Es ging ihm schlecht. Er hatte nicht geglaubt, dass sie einfach losfahren würde. „Ich weiß nicht, ob ich mit einer Frau leben kann, die mich nicht braucht."

Sie antwortete lauter als nötig, weil sie gegen die Angst ankämpfen musste, die sich auf sie gelegt hatte: „Nicht fürs Tanken, Autofahren, Hotelzimmer suchen!" Dann wusste sie nicht weiter. Als er wieder nichts sagte, erzählte sie von der Hügellandschaft, durch die sie gefahren war, von den Soldaten, die sie sich darin vorgestellt hatte, von den Feldern mit Herbstzeitlosen. „Da hätte ich gern deine Hand gehabt."

„Ich hatte sie dir angeboten."

Sie verstand nicht, dass er nicht verstand.

„Ich versuche, auf die Klopfzeichen eines Toten zu horchen. Du lebst. Neben dir hätte mein Vater keine Chance gehabt!"

Als er auch dazu schwieg, wünschte sie ihm schnell eine gute Nacht. „Schlaf gut!" „Du auch."

Du auch... Als wären es Goldklumpen, trug sie die zwei Worte mit sich herum, legte sie neben sich aufs Kopfkissen, schlief mit ihnen ein.

Das Eisentor stand offen, als sie am nächsten Morgen den Friedhof erreichte. Im überdachten Eingangsbereich lag ein Buch, in dem sie den Namen ihres Vaters fand. Wie im Traum betrat sie die Wege. Auch der Friedhof war leicht gewellt. Hier und da blühte eine Herbstzeitlose zwischen den Gräbern, wohl von den umliegenden Feldern hergeweht.

Alle Gräber hatten einen Stein aus Granit. Sie standen in Reih' und Glied, wie die Menschen gestanden hatten. Anna fand die Nummer, las seinen Namen auf dem Stein. Es war ihr, als wäre erst dies der Beweis für seine Existenz. Geburtsjahr in Stein gemeißelt: 1913, Todesjahr: 1940.

Erschrocken wurde ihr bewusst, dass er nicht so alt geworden war wie sie schon jetzt. Nur siebenundzwanzig Jahre gelebt!

„Hast du gewusst, wie groß dein Risiko war? Und wolltest doch lieber für deinen Sohn ein toter Held sein als keiner?

Ich bin deine Tochter. Ich hätte gern einen Vater gehabt. Zum Drachen-Steigen-Lassen. Zum Schwimmen lernen. Ich hätte dich gern geliebt, hätte gern unter deinem Schutz gestanden. Gegen manche Jungen, gegen die Englischlehrerin. Mutter war überfordert. Irgendwann bin ich alleine zurechtgekommen."

Anna kniete sich auf den Grasstreifen vor dem Grab und sah lange auf die krümelige Erde. Malte ein Herz hinein. Strich es durch. Wischte mit beiden Händen schnell alles weg und schrieb in großen Buchstaben ANNA darauf.

„Es sollte ein Geschenk sein, ich weiß. Schön wie die Blüten der Herbstzeitlosen. Es war auch giftig wie ihre Samen.

Es war ein Irrtum, Vater. Es war Dummheit. Ich weiß nicht, wie klug ich gewesen wäre zu deiner Zeit, aber heute finde ich deinen Heldentod ganz furchtbar traurig."

Anna sah auf die kleine Birke hinter dem Grab, auf das Heidekraut vor dem Stein. Die Welt sah friedlich und schön aus, ein stiller Garten. Sie nahm einen flachen Kiesel aus der Jackentasche, stand auf und legte ihn auf den Grabstein.

Als sie den Friedhof verließ, pflückte sie eine Herbstzeitlose vom Wegrand. Ein langer Stiel mit zwei Blütenkelchen in hellem Lila, fein geädert, unglaublich zart. Im Auto legte sie die Blüten zwischen zwei Papiertaschentücher und dann in ihren Autoatlas.

Auf der Fahrt zur Grenze sah sie die Schönheit der Landschaft nicht mehr. Verfolgte Gedankenspuren. Stellte sich die Samen des falschen Heldentums vor. Giftig, weil unmenschlich, weil menschenverachtend. Ein Gemisch aus Dummheit, Eitelkeit und Größenwahn, das lange nachwirkt.

Ich brauche niemanden! hatte sie zu Philipp gesagt. Ich komme alleine zurecht, zu ihrer Mutter. Das schaff' ich schon, zu sich selbst. Und es stimmte ja auch. Hatte immer gestimmt. Nur jetzt nicht mehr.

Auf einmal traf sie die Sehnsucht nach Philipp so intensiv, dass sie automatisch schneller fuhr. Weil die Angst ihn zu verlieren hinter ihr her war. Würde es ihm reichen, wenn sie sagte: Ich brauche dich, weil ich dich liebe? Würde er damit zufrieden sein? Oder würde er ihr Held sein müssen, der sie vor allem Übel bewahrte?

Anna sah auf den Tacho und zwang sich zu einem vernünftigen Tempo. Sie mussten darüber sprechen, über all die Gedanken, die sie vom Grab ihres Vaters mitgenommen hatte!

Wenn ihnen das gelang, wenn sie besser verstand, warum er war, wie er war und umgekehrt, dann könnte sie ihre Wohnung aufgeben.

Das musste sie ihm sagen! Wie weit war sie eigentlich schon gefahren? Sobald sie über der Grenze war, würde sie ihn anrufen. Sie dachte sich Formulierungen aus, verwarf sie wieder. Als sie am ersten Telefonhäuschen in Deutschland hielt, wusste sie nichts mehr. Es war gegen Mittag. Vielleicht war er gar nicht im Büro. Wenn er abnimmt, wird alles gut, dachte sie, als sie den Telefonhörer nahm, Geld einwarf. Beim dritten Rufzeichen spürte sie Tränen aufsteigen, da meldete er sich.

„Hallo", sagte sie und sah seine linke Augenbraue aus der Reihe tanzen.

Nichts passiert

Katrin hatte den Ton ihres Handys abgestellt. Durch den Stoff des leichten Kostüms würde sie das Vibrieren bemerken und könnte dann sofort aufstehen. Unkonzentriert aß sie, was auf dem Teller lag, schmeckte nicht recht, was sie schluckte.

„Er kommt, du wirst sehen", hatte sie zu Heiner gesagt. Aber ihr Mann hatte nur das Gesicht verzogen, war mit den Manschettenknöpfen beschäftigt gewesen. Ob er resigniert hatte? Oder schützte er sich vor der nächsten Enttäuschung?

Wegen Leo hatten sie den Beginn des Festessens hinausgezögert. Der für ihn bestimmte Platz neben seiner Schwester Beate war immer noch leer. Dabei war sie sich so sicher gewesen!

Beate war zu Heiners fünfzigstem Geburtstag aus Marburg angereist. Keiner hatte daran gezweifelt, dass sie kommen würde. Katrin sah zu ihrer Tochter hinüber. Fand, dass sie angestrengt aussah, blass. Mit ihren hochgesteckten Haaren und der randlosen Brille wirkte sie viel zu ernst für ihr Alter. Nur das Profil hatte noch etwas rührend Kindliches.

Sie sah auf die Uhr. Atmete tief, um die wachsende Unruhe zu beschwichtigen. Wie sie dieses Gefühl hasste, das sie seit Jahren begleitete! Angst vor dem Klingeln des Telefons, wenn er nicht da war. Angst, er könnte betrunken sein, Angst vor seinen provozierenden Bemerkungen, seiner verletzenden Ironie.

Er hatte die Schule geschmissen. Eine Schlosserlehre angefangen. Die Lehre geschmissen. „Ein arroganter Arsch. Wie Papa. Der Alte"

Als sie ihm verboten hatte, so zu reden, hatte er sie angeschrieen: „Immer schön hochgestochen und immer mit Kultur!", war aus dem Zimmer gerannt.

Später die Angst vor seinem Schweigen. Nachdem er mit Alkohol am Steuer erwischt worden war. Leichter Sachschaden nur. Die Polizei hatte angerufen und gebeten, ihn abzuholen. Gegen zwei in der Nacht.

In dieser Zeit hatte sie vermutet, er würde nicht nur kiffen, sondern auch härtere Drogen nehmen. Unabhängig vom Alkohol. War fast verrückt geworden. Wo war ihr Sohn? Was wollte dieser Fremde?

Heiner wandte sich ihr zu, stieß mit ihr an. Sie lächelte zurück. „Dass alles gut wird", sagte sie leise und er nickte.

Auf Heiner hatte Leo es von Anfang an am meisten abgesehen. Und Heiner hatte sich viel zu viel gefallen lassen. Konnte die Pädagogik nicht anwenden, die er gelernt hatte. War emotional zu tief verstrickt. Er war ein guter Lehrer, stellvertretender Direktor inzwischen, ein Vollblutpädagoge. Aber Leo überforderte ihn, überforderte sie beide.

Als Katrin das Glas absetzte, spürte sie das Vibrieren des Handys und erschrak, obwohl sie die ganze Zeit darauf gewartet hatte. In der Tür nach draußen drückte sie auf Empfang. Leo sprach bemüht ruhig und sachlich. Er hatte ein Reh totgefahren. Erschrocken fragte sie, wie es ihm gehe. „Ich bin okay, Mama". Ihr Herz tat einen Sprung. Wann hatte er zuletzt „Mama" zu ihr gesagt? Es entstand eine Pause, bevor er weiter sprach. Wahrscheinlich war es ihm auch aufgefallen. Er müsse warten, bis alles geregelt sei. „Sag es ihm bitte."

Sie schloss die Augen vor Erleichterung.

Innen wurde das Thema sofort Tischgespräch. Alle kannten die Straße, die durch Wiesen und kleine Waldstücke führte und für Wildwechsel berüchtigt war.

Geschichten machten die Runde....

Sie hörte nicht zu, war wieder achtzehn oder neunzehn und mit dem Wagen des Vaters unterwegs. Und wieder kroch ein Gemisch aus Entsetzen, Scham und Ekel in ihr hoch, das sich sofort einstellte, wenn sie an diese Stelle auf dem Asphalt dachte, die damals mit Sonnenkringeln bemalt gewesen war. Ein warmer Tag im Mai, das Licht fiel durch die Kastanien auf die Straße. Sie fuhr im Schritttempo wegen der vielen Kinder, die am Büdchen vor dem Freibad herumliefen. Und wegen der Enten, die auf Gehweg und Straße unterwegs waren, immer zu zweit, auf Hochzeitsreise.

Sie war weder nervös gewesen noch besonders eilig, hatte gemeint, das Gewimmel um sich her im Blick zu haben, als sie sah, wie eine hell und dunkel gemusterte Ente vor ihrem rechten Vorderrad unter dem Auto verschwand. Gleichzeitig mit dem Schrecken war ein Geräusch da gewesen, das sie niemals vergessen wird. Ein breites Schmatzen und darin das helle Brechen der Knochen.

Ich kann jetzt nicht halten, hatte sie gedacht, nicht diese totgefahrene Ente ansehen, mit all den Kindern um mich herum, die vielleicht weinen oder mich anklagen. Enten haben ein Lächeln um den Schnabel, hatte sie gedacht und dass das Fahrerflucht war. Im Schritttempo war sie weiter gefahren, hatte sich klein gemacht hinter dem Steuer, die Übelkeit bekämpft, die in ihr hochgestiegen war. Stunden später war sie noch mal an der Stelle vorbeigefahren, langsam, voller Angst, die Ente könnte noch da liegen, oder Reste, ein Blutfleck. Aber nichts war zu sehen gewesen

Sie hatte es damals nicht erzählt und später auch nicht. Jetzt kam es ihr so nahe, dass sie ein flaues Gefühl im Magen spürte.

Vorsichtig probierte sie die Blätterteigpastete. Es schmeckte ausgezeichnet, tat ihrem Magen gut.

Für Leo war solches Essen ein versnobter Fraß und das wunderschöne Schlossrestaurant einfach nur peinlich.

Heiner liebte dieses Ambiente. Bei besonderen Anlässen waren sie früher oft hier hin gegangen. Und jedes Mal hatte Heiner Geschichten erzählt über die alte Anlage, die bis in die Zeit Karls des Großen zurückging. Wahrscheinlich würde einiges davon in seiner Tischrede vorkommen.

Beim Hauptgang stand Leo plötzlich hinter ihnen, tippte ihr auf die Schulter. Als sie sich umdrehte, war Heiner schon aufgestanden und verdeckte ihn fast. Sie sah Leos schmales Gesicht neben Heiners schütter werdendem Hinterkopf, sah, wie die Kieferknochen sich unter der Haut bewegten. Er gab seinem Vater die Hand, gratulierte ihm offensichtlich, redete aber so leise, dass Katrin nicht verstand, was er sagte.

Heiner dagegen sprach lauter als gewöhnlich. Er klopfte seinem Sohn auf den Rücken, zog ihn in einer halben Umarmung zu sich heran, so dass Leos Kopf fast auf seiner Schulter zu liegen kam, und sagte: „Nichts passiert, Junge, Gott sei Dank!"

In diesem Moment sah Leo sie an. Sie erwiderte seinen Blick, hielt der Traurigkeit darin stand. Sekunden später löste er sich von seinem Vater und ging um den Tisch herum zu Beate.

Heiners Tischrede rauschte genauso an ihr vorbei wie das restliche Menu. Die ganze Zeit überlegte sie, wie sie mit Leo allein reden könnte. Sie musste einfach mit ihm sprechen!

Verstohlen sah sie immer wieder über den Tisch zu ihren Kindern. Bekam mit, wie Beate Leos Ohrringe berührte und lachend etwas sagte, das ihm ein breites Grinsen entlockte. Zwang sich, woanders hinzusehen.

Als das Essen endlich vorbei war und die Gesellschaft sich nach draußen verstreute, war alles überraschend selbstverständlich. Leo kam direkt auf sie zu und als wären sie verabredet, gingen sie zu der steinernen Bogenbrücke, die über den Wassergraben führte.

„Frag!", warf er in dem Tonfall hin, den sie aus den letzten Jahren kannte. Sie schüttelte den Kopf, sah auf das dunkle Wasser des Grabens, schwieg. „Erzähl", sagte sie dann leise.

Er stützte sich mit den Händen auf die Mauer. In den Fugen wuchs Moos.

„Ich war zu schnell, wie du dir denken kannst." Neben gemäßigter Aggression war in seiner Stimme etwas, das sie hoch- und sofort wieder wegblicken ließ. Sein Kinn zitterte.

„Vielleicht..." Er machte den Satz nicht zu Ende. Hatte er sagen wollen, vielleicht würde es sonst noch leben? Mit dem rechten Zeigefinger schabte er Moos aus einer Fuge, legte die Klümpchen aus Grün und Erde ordentlich nebeneinander, sprach dann weiter: „Es waren drei. Von links. Trotz Vollbremsung hab' ich das dritte erwischt." Konzentriert bearbeitete er die zweite Fuge. Inzwischen lagen zwei Reihen Moosabschnitte am vorderen Rand der Mauer.

„Scheiße!", schrie er plötzlich und fing an, mit weit ausholender Bewegung Erde und Moos ins Wasser zu werfen. Es spritzte kaum. Als nichts mehr übrig war, setzte er sich auf den Bordstein und starrte auf den Boden. Katrin setzte sich neben ihn, erlaubte sich nicht, ihn zu berühren. Ein paar Grashalme und kleine, gelbe Blumen wuchsen in den Ritzen vor ihren Füßen.

„Man sah es nicht, kein Blut, nichts. Ich dachte, es springt gleich auf und weg. Aber seine Augen...Ein Bock...Als wüsste er alles." Und nach einer langen Pause: „Er war ungefähr so alt wie ich, umgerechnet."

Nach einer Weile fing sie an, ihm von der Ente zu erzählen, die sie überfahren hatte. Er hörte aufmerksam zu. Als sie sagte, dass sie noch nie darüber gesprochen hätte, sah er sie an. In seinem Gesicht war ein Ausdruck, den sie von früher kannte: nachdenklich, ernst und vollkommen unbewaffnet.

Abschied

Nach den sonnigen Herbsttagen der letzten Wochen setzte Regen ein, tauchte die Landschaft in dunstiges Grau. Auf der Potsdamer Havel, nahe der Pfaueninsel, lag nur noch ein Boot vor Anker.

Die Idee war ihr gekommen, als sie den Anrufbeantworter abgehört hatte. Darauf teilte eine freundliche Frauenstimme mit, dass für sie nun eine Seniorenwohnung zur Verfügung stehe. Sie möge sich mit der Heimleitung in Verbindung setzen. Als das übliche Knacken am Ende der Nachricht zu hören war, hatte sich die Idee bereits zu einem Vorsatz ausgewachsen.

Noch einmal in ihrer Lieblingsbucht ankern! Auf dem Achterdeck sitzen. Das weiße Schloss durch die Bäume der Insel schimmern sehen. Den Tönen des Glockenspiels lauschen, die vom Kirchturm am Ufer herüber wehten: „Üb immer Treu und Redlichkeit..." Zur halben Stunde kam nur ein Schlag, der so schnell verklang, dass sie jedes Mal irritiert auf die Uhr sah. Hatte sie sich verhört?

Sie verhörte sich manchmal in letzter Zeit, meinte Stimmen zu hören, die eigentlich nicht da waren. Leos Stimme vor allem, obwohl das ja nicht möglich war.

Leo hätte sie hinfahren lassen. Nicht gern, aber er hätte sie gelassen. Die Kinder mussten überlistet werden. Fingen an, sich Sorgen zu machen.

„Könntest du nicht das Auto abgeben, Mama?" Sie hatte ihr Auto aufgegeben. Weil es vernünftig war und wegen des Gesichtsausdrucks ihrer jüngeren Tochter. Das war nach dem kleinen Schlaganfall gewesen. Die Ältere verriet ihre Beunruhigung mehr indirekt. „Fühlst du dich sicher auf deinem Fahrrad?", fragte sie so nebenher, während sie Kaffee eingoss oder den Tisch abräumte. Sie hatte sich daraufhin ein kleines Rad gekauft, mit einem besonders tiefen Einstieg. Passender für ihre zweiundachtzig Jahre. Ihr Sohn meldete sich in der letzten Zeit häufiger, zweimal im Monat, statt nur einmal wie früher. Der Bonus der Gebrechlichkeit.

Es tat ihr gut, dass sie sich Gedanken machten. Aber das Boot würde sie sich von ihnen nicht ausreden lassen.

Das Boot war seit damals ihr Zufluchtsort. Über dreißig Jahre musste es jetzt her sein. Als Leos Nähe ihr unerträglich geworden war, obwohl sie ihm sein Geständnis hoch angerechnet hatte. Er könne es nicht erklären, verstehe es ja selber nicht. Und er liebe sie nach wie vor.

Sie hatte ihm geglaubt. Aber sie hatte ihn nicht sehen, nicht hören, nicht spüren wollen. Nicht mit ihm reden. Nur weg!

Fast drei Monate hatte sie allein auf dem Boot gelebt. Jeden Tag war sie hinausgefahren und hatte irgendwo geankert, am liebsten nahe der Pfaueninsel, in gehörigem Abstand zu anderen Booten. Denn manchmal musste sie in den Bauch des Bootes hineinschreien, toben, gestikulieren. Besonders am Anfang. Das Boot warf hin und wieder ein kleines Echo zurück, ein bestätigendes kurzes Klingen. Sein Stahlgehäuse schien Anteil zu nehmen. Später hatte sie angefangen, still auf dem Achterdeck zu sitzen, Himmel und Wasser auf sich wirken zu lassen. Den Morgennebel, die wechselnden Farben des Lichts. Am Abend war der See aus flüssigem Gold, in das sie hinein fuhr.

Sie war verändert nach Hause gekommen.

Diesmal würde sie nicht lange brauchen. Ein Aufschub von wenigen Tagen, bevor sie die Heimleitung anrief.

Am Abend vor ihrer Abreise telefonierte sie mit beiden Töchtern, wies darauf hin, dass sie ihr Handy bei sich trug, wenn sie aus dem Haus ging. Schickte Küsse in den Äther.

Wie immer, wenn sie verreiste, gab sie der Nachbarin den Schlüssel. Ihr verriet sie auch, dass sie für drei, vier Tage zum Boot fuhr.

Gegen ein Trinkgeld brachte der Taxifahrer die Tasche zum Bootssteg. Direkt vor die Holzschiebetür, die einen neuen Anstrich brauchte. Sonst sah der „Zugvogel" aus wie immer. Unten grün, oben weiß und gut im Lack. Anstreichen war ihre Aufgabe gewesen, als Leo und sie noch regelmäßig hingefahren waren. Jetzt war ihr Sohn verantwortlich.

Sie ging ans Ende des Stegs und hielt sich an der Reling des Achterdecks fest. Sah aufs Wasser, spürte den kleinen Schrecken des Wiedererkennens. Sie hatte vergessen, wie schön es war! Wie weit! Die Havelbucht lag als See vor ihr, durch den quer die Fahrrinne lief. Wenn sie die Augen etwas zukniff, konnte sie eine rote Boje erkennen. Dahinter die Bucht des anderen Ufers mit Anleger für die Passagierschiffe, sehr klein. Ein Entenpaar zog Spuren durch den gespiegelten Himmel. Das Wasser wurde schon glatt. Sie riss sich los. Im Oktober kamen die Abende früh.

Immer die Hand an der Reling, ging sie zur Tür zurück, schloss auf und schob sie zur Seite. Sie hielt sich am Dach fest, zog den Kopf ein. Ihre Knochen, Muskeln, Sehnen erinnerten sich an den altbekannten Bewegungsablauf. Einen Augenblick später stand sie im „Salon", zog die Tasche ins Boot, entfernte mit der Hand ein paar Spinnenfäden, die von der Decke hingen. Diesmal würde sie ihre Haustiere so weit wie möglich in Ruhe lassen. Sie lachte vor sich hin, sah Leo in der Abenddämmerung mit Kehrblech und Handfeger Spinnen an Land tragen. Wenn man sie nämlich nur ins Wasser warf, kamen sie zielsicher zurück.

Bevor sie die Tasche auspackte, ließ sie sich auf den Sessel fallen, spürte, wie müde sie war, genoss es, sich auszuruhen. Mit herunterhängenden Armen und geschlossenen Augen atmete sie den Geruch des Bootes ein. Ein vertrauter Duft nach Staub und ein bisschen nach Motor. So roch es immer, wenn es längere Zeit nicht bewohnt gewesen war.

Sie wehrte sich gegen den aufkommenden Schlaf, sammelte die verbliebenen Kräfte, stand energisch auf. Vorsichtig stieg sie die zwei Stufen zur Kombüse hinunter und räumte die verderblichen Lebensmittel in den Kühlschrank. Ob Wasser in der Leitung war? Eigentlich hatte sie den Tank noch füllen wollen, fühlte sich aber inzwischen zu müde, um den Schlauch ab- und wieder aufzurollen, die anderen nötigen Handgriffe zu tun. Sie trat mit dem rechten Fuß auf den Bodenschalter und sah erfreut zu, wie Wasser aus dem Kran kam. Das hatte also Zeit bis morgen.

Die Äpfel und Tomaten legte sie erst mal auf den Tisch gegenüber von Herd und Spüle. Immer noch das gelbe Wachstuch! Hatte sich gut gehalten. Sie strich mit der Hand darüber. Leo hatte Gelb nicht gemocht, sie manchmal wegen dieser Vorliebe aufgezogen.

Unter dem Tisch standen Wasserflaschen, von denen sie sich eine hoch holte und trank, während sie sich anlehnte. Sie musste die Flasche mit ans Bett in der Achterkajüte nehmen. Überhaupt musste sie jetzt strategisch klug vorgehen. Nur noch die nötigen Dinge in der richtigen Reihenfolge tun, denn sie spürte, wie ihre Müdigkeit zu Erschöpfung wurde.

Eine halbe Stunde später lag sie in ihrer Koje. Hatte nur die Zähne geputzt. War auf einmal nicht mehr fähig gewesen, die Knöpfe am Bettzeug zu schließen. Lag auf dem Rücken und lauschte den Geräuschen, die sie so lange nicht gehört hatte: dem Quietschen der Taue, dem Klopfen eines Entenschnabels an der Bootswand, dem Zug, der in der Ferne über die Brücke fuhr.

Sie erwachte von Vogelfüßen auf dem Dach. Hörte die Wasserhühnchen schreien. Genoss mit geschlossenen Augen, wie das Boot leicht auf und ab getragen wurde. Zu dieser Reise konnte sie sich nur gratulieren! Der einzige Haken waren die nächtlichen Wanderungen zur Toilette, von denen sie immerhin drei unfallfrei hinter sich gebracht hatte. Zwei Stufen rauf, zwei Stufen runter, und das

Ganze zurück. Jetzt, angesichts des Sonnenmusters auf dem blauen Teppich im Salon, musste sie über ihre Furcht vor Oberschenkelhalsbrüchen und Schlimmerem lachen. Es ging ihr blendend.

Sie ließ sich Zeit beim Waschen und Frühstücken, nahm zwischen zwei Knäckebroten mit Marmelade ihre Tabletten. Die hatte sie gestern vergessen, stellte sie beim Blick in die Pillendose erschrocken fest.

Als sie den letzten Schluck Kaffee trank, spürte sie, dass sie aufgeregt war. Kein Wunder, gleich würde sie den „Zugvogel" starten und sich mit ihm davon machen! Sie ging in Gedanken die einzelnen Schritte des Ablegemanövers durch. Zuerst das Elektrokabel abmachen, dann die Leinen los. Bis auf die eine an der Tür, die sie zuletzt auf den Steg werfen würde. Stange bereit legen.

Damit fing sie an. Holte die ausziehbare Stange zum Abstoßen von der Längsseite des Salons, wo sie unter den Teppichfransen normalerweise unsichtbar war. Ein unhandliches Ding. Viel zu lang. Endlich hatte sie es schräg an die Polsterbank gelehnt. Musste mit dem Bücken aufpassen. Wurde leicht schwindelig davon. Die Elektrosäule war auf dem Steg vor Kopf. Um den Stecker nach unten herauszuziehen, musste sie sich hinknien. Hatte der immer so fest gesessen? Das Aufstehen fiel ihr schwer. Nichts Richtiges zum Festhalten. Als sie wieder stand, wartete sie einen Moment, um den Schwindel zu besiegen, bevor sie sorgfältig das Kabel aufrollte und im Boot verstaute. Sie steckte den Zündschlüssel schon mal ins Schloss, prüfte, ob das Getriebe auf Leerlauf stand. Ging an der Reling entlang nach vorne, um die Leinen zu lösen und auf den Steg zu werfen. Beide Male hatte sie nicht genug Schwung, so dass sie ins Wasser fielen. Machte nichts, waren ja festgebunden. Vom Steg aus löste sie die hintere Leine, dann die Achterspring. Nun hing der Kahn nur noch an der kurzen Leine neben der Tür. Wieder im Boot, ließ sie sich auf den Sessel fallen, bis sie wieder besser Luft bekam. Dann nahm sie den Klappstuhl von der Wand und mühte sich eine Weile mit dem Aufstellen ab. So besonders praktisch war sie nie gewesen. Hatte aber trotzdem alles hingekriegt, was ihr wichtig war. Mit einem „Na bitte!" stellte sie ihn kurz darauf vor das Steuerrad. Das Boot lag jetzt nicht mehr ruhig längsseits, sondern wanderte an der einen Leine hin und her. Sie würde warten, bis es parallel zum Steg lag und dann rausfahren.

Als sie den Anlasser in die Stellung „Vorglühen" zog, spürte sie ihr Herz im Hals. Ob der Motor sofort ansprang? Sie zählte langsam bis zehn, zog dann den Knopf ganz durch. Braver alter Kahn! Ein bisschen Gas noch, dann tuckerte der Motor zuverlässig vor sich hin. Von der Türe aus löste sie die letzte Leine, wartete die richtige Stellung ab, schob die Kupplung rein und fuhr langsam rückwärts. Die Stange brauchte sie gar nicht. Ein Bilderbuchstart! Sie überließ es dem Boot, nach rechts oder nach links einzuschlagen. Es war rückwärts schwer zu lenken und an dieser Stelle kam es nicht drauf an. So beobachtete sie einfach das Heck, das langsam in Richtung Ufer zeigte. Sie nahm das Gas weg und drehte das Lenkrad mehrere Umdrehungen nach rechts. In einem großen Bogen fuhr sie durch die Bucht in Richtung Fahrrinne.

Außer einem Fischer, der die Reusen kontrollierte, kein anderes Boot weit und breit. Der Himmel war nicht wolkenlos, aber heiter. Kein Wind. Zum ersten Mal fielen ihr die Farben der Bäume am Ufer auf. Leuchtend in der Sonne. So schön, dass es weh tat.

Wieso tat nicht nur das Unglück weh, sondern auch das Glück? Umgeben vom gespiegelten Licht und dem gleichmäßigen Motorengeräusch dachte sie über das Glück nach und über den Schmerz. Es gab so viele Arten von beiden. Bilder stiegen in ihr hoch. Sie träumte vor sich hin.

Längst war sie unter der ersten Brücke durch. Ein Kormoran, der vor dem Boot ins Wasser tauchte, holte sie in die Gegenwart zurück. Da kam schon die Seilfähre, bei der man nie so recht wusste, ob sie nicht im nächsten Moment losfuhr. Eine Schrecksekunde, bis sie sah, dass das Führerhaus leer war. Konnte also gar nicht fahren! Kein Grund zur Aufregung.

Sie spürte, dass sie Durst hatte. Keine Wasserflasche in greifbarer Nähe. Als sie in die Kombüse hinunter sah, bemerkte sie, dass die Reste des Frühstücks noch auf dem Tisch standen. Vergessen abzuräumen; vergessen, Wasser mit hoch zu nehmen. Auch vergessen, Wasser in den Tank zu füllen, fiel ihr plötzlich ein. Weil sie so aufgeregt gewesen war vor dem Ablegen! Sie ärgerte sich, aber nicht zu viel, würde sich die schöne Fahrt nicht verderben lassen. Schließlich war sie zweiundachtzig Jahre, da durfte man vergesslich sein. Wie machte sie jetzt das Beste daraus? Den Tank konnte sie nicht mehr füllen, da hoffte sie einfach, dass der Vorrat reichte. Vom Tisch musste der Käse unbedingt in den Kühlschrank, und etwas zu trinken brauchte sie auch. Sie sah sich um. Bis auf ein Segelboot, ziemlich weit hinter ihr, nichts los. Also nahm sie das Gas weg, wartete, bis das Boot fast auf der Stelle lag, und rutschte vom Klappstuhl. So schnell es ihr möglich war, kletterte sie die Treppe hinunter. Sie räumte den Käse weg und holte eine Flasche Wasser unter dem Tisch hervor. Außer Atem stieg sie wieder hoch ans Steuer. Die Situation war unverändert, das Boot dümpelte im Sonnenschein vor sich hin. Da hätte sie sich gar nicht so zu beeilen brauchen! Als sie wieder auf dem hohen Stuhl saß, erneut Fahrt aufgenommen hatte und zu Atem gekommen war, setzte sie die Flasche an den Mund. Sie war sehr zufrieden mit sich, summte ein bisschen. Worte und Melodien fielen ihr ein, an die sie Jahrzehnte nicht gedacht hatte. Erstaunt merkte sie, dass sie sang. „Mit zweiundachtzig Jahren, da fängt das Leben an..." Etwas gewagt, fand sie und wandte sich anderem zu. Laut und vor allem glücklich.

Es zogen mehr Wolken auf, dazwischen schien weiter die Sonne. Sie fuhr an Potsdam vorbei. Von links grüßte die Kuppel der Nikolaikirche und begleitete das Boot bis zum Babelsberger Park. Lauter alte Bekannte. Das weiße Haus am Ufer, das Türmchen auf dem Hügel. Sie fuhr langsamer. Alles ging so schnell vorbei. Glienicker Brücke, Heilandskirche und nach der letzten Engstelle das Ziel ihrer Reise, die Pfaueninsel mit dem weißen Schloss an der

Spitze, von wenigen Bäumen leicht verdeckt. Ein Bild aus einer anderen Welt.

Sie fuhr darauf zu, leicht um die Spitze herum in die Bucht, die durch den dahinter weit vorspringenden Schilfgürtel gebildet wurde. Hier wollte sie bleiben. Wenn die Wolken es zuließen, kam lange die Sonne hin. Sie hielt sich gut fest, als sie zum Anker nach vorne ging, um ihn herunter zu kurbeln. Die Vorrichtung hatte ihr Sohn für sie angebracht. Sie musste ihm noch mal sagen, wie dankbar sie dafür war. Als sie den Motor ausmachte, beobachtete sie eine Zeit lang, wie das Boot an der Ankerleine langsam von einer Seite zur anderen schwojte.

Die Anspannung fiel von ihr ab, Müdigkeit blieb zurück. Aber sie wollte sich jetzt nicht setzen, würde auf dem Achterdeck noch Zeit genug zum Ausruhen haben. Umständlich öffnete sie eine Flasche Rotwein, die sie für diesen Moment mitgenommen hatte, stellte ein paar Dinge zusammen, die sie durchs hintere Fenster nach draußen schob.

Mit einem Glas Wein in der Hand saß sie später im wechselnden Herbstlicht. Sie schloss die Augen, hörte die Stimmen ganz deutlich.

Das weiße Schloss schimmerte durch die Bäume, vom Kirchturm am Ufer wehten die Töne des Glockenspiels herüber.

Die Beamten der Wasserschutzpolizei wurden aufmerksam, weil trotz des Regens jemand auf dem Achterdeck saß. Sie legten längsseits an und standen eine Weile still vor der Toten, die aussah, als horche sie auf etwas.

Schweden

Er stolperte und fiel fluchend gegen einen Stapel Bretter, der hochkant an der Kellerwand lehnte. Instinktiv stützte er sich mit der rechten Hand ab und spürte dabei einen stechenden Schmerz. Als er sah, dass Blut aus seiner Hand tropfte, wurden seine Knie weich.

Mit einem Taschentuch auf der Wunde ging er in die Küche, wo Eva dabei war, die Pflanzen in den Blumenkästen zu gießen. Der weit geöffnete Fensterflügel ließ die Geräusche der Straße herein, so dass sie sein Eintreten überhörte. Er stand da und wartete, dass sie das Fenster wieder schloss. Dabei fiel ihm auf, dass ihr Hintern immer noch attraktiv aussah, nicht so flach wie bei vielen Frauen in ihrem Alter. Es machte ihm Spaß, sie anzusehen, und fast fühlte er sich ertappt, als sie sich plötzlich umdrehte.

„Zeig mal", sagte sie. Er nahm das Taschentuch weg und hielt ihr seine Hand hin. Erneut kam Blut aus dem Loch, das wohl ein Nagel mitten auf der Lebenslinie hinterlassen hatte. „Tetanus!", sagte Eva. „Du musst deine Tetanusimpfung auffrischen lassen." Sie drückte ihn auf einen Stuhl, legte ein frisches Papiertaschentuch auf die Wunde und schnitt ein Pflaster ab. „Wie ist es passiert?" Er erzählte ihr sein Missgeschick und fasste sich mit der gesunden Hand an den Kopf. „Hat der auch was abgekriegt? Leg dich doch aufs Sofa." Sie sah ihn besorgt an. Wahrscheinlich war er ziemlich blass. „Zum Arzt kannst du später gehen."

„Ich mach weiter", sagte er, ohne sie anzusehen, „danke", und stand auf. Wie immer fiel es ihm schwer, nicht auf ihren Vorschlag einzugehen, aber er musste sich seine Freiheit bewahren, gerade jetzt. „Die Impfung hol ich mir am Nachmittag, wenn du sowieso weg bist." Er war schon in der Tür. Sie ließ ihn.

Im Keller machte ihm das Aufräumen bald keinen Spaß mehr. Seit Monaten hatte er sich auf diesen Tag gefreut und darauf, von nun an Zeit für all die Dinge zu haben, die liegen geblieben waren, als er im Dienst war. Aber mit der verletzten Hand fühlte er sich unbeholfen. Ein bisschen schwindelig war ihm auch. Als er die Ölkanne entdeckte, die er schon lange vermisste, war er froh, dem Keller guten Gewissens entkommen zu können.

Er ölte das Gartentörchen ausgiebig, öffnete und schloss es immer wieder, bis kein Geräusch mehr zu hören war. Das Quietschen hatte ihn seit Wochen gestört.

Am Haus vorbei ging er zur Terrasse, stellte fest, dass die Tür zum Wohnzimmer offen war, ließ seine Schuhe draußen und legte sich aufs Sofa. Wieso sollte er nicht genießen, was ihm seit heute möglich war? Er spürte die Entspannung, die sich in ihm ausbreitete und zu Müdigkeit wurde. Warum war er eigentlich so müde, er hatte doch ausgeschlafen?

Geräusche aus der Küche weckten ihn. Er orientierte sich mit geschlossenen Augen, versuchte zu erraten, was Eva kochte, spürte nach, ob er Hunger hatte. Dann fühlte er sie in seiner Nähe und öffnete die Augen.

„Es gibt Hühnerfrikassee und Apfelmus." Er mochte die vielen Falten um ihre Augen, wenn sie lächelte, sah, dass sie eine leichte Beunruhigung überspielte, und lächelte zurück. Auf Socken ging er neben ihr her zur Küche.

Am Tisch sah er zu, wie das duftende Gemisch aus Fleisch und Pilzen den Reis auf seinem Teller zudeckte, und freute sich aufs Essen, merkte aber bald, dass er zu viel genommen hatte. Er war einfach schneller satt in der letzten Zeit und vergaß das immer noch. Eva sprach von der Hausaufgabenbetreuung, die sie leitete. Erzählte von der schwierigen Familiensituation eines Kindes, regte sich auf, fragte ihn nach seiner Meinung. Er wusste nicht so recht. Fragte sich, wie es aussah, wenn er einen Rest auf dem Teller ließ.

Sah seine Frau an und merkte, dass sie ihn beobachtete. Er würde seinen Teller leer essen, am Ende dachte sie noch, er sei krank.

„Wenn du zum Arzt gehst, dann lass dir doch Blut abnehmen, es ist lange nicht untersucht worden", sagte Eva. Er nickte.

Am nächsten Morgen spürte er nur noch ein leichtes Ziehen an der Impfstelle, die Hand tat schon nicht mehr weh und sein Kopf hatte sich beruhigt. Er vergaß den Zwischenfall.

Langsam betrat er den Raum seiner neuen Freiheit und fing an, ihn auszufüllen. Las manchmal schon am Vormittag in einem der Bücher, die sich ungelesen angesammelt hatten, besuchte Freunde und genoss es, so lange zu bleiben, wie es sich ergab. Grub mit Hingabe zwischen den Heckensträuchern nach den weißen Wurzeln der Ackerwinde, quatschte lange mit vorbeikommenden Nachbarn, räumte den Keller weiter auf. Er nahm sich Dinge vor und ließ seine Planung bereitwillig durchkreuzen. Daran vor allem merkte er, dass er Zeit hatte. Er machte oft Pausen, saß mit hochgelegten Beinen auf der Terrasse und schlief manchmal ein.

Wenn Eva ihm Aufträge erteilte, von denen er annahm, dass sie ihn nur beschäftigen sollten, wehrte er sich. „Lass nur, ich hab was zu tun." Er würde ihr schon nicht auf den Wecker gehen, aber auch nicht einfach machen, was sie wollte.

Ein paar Arbeiten im Haushalt übernahm er freiwillig. Das Frühstück, weil er sowieso als erster aufstand. Den Einkauf beim Bauern, zu dem er mit dem Fahrrad fuhr, und Staubsaugen, das Eva hasste, während es ihm nichts ausmachte.

„Wir schaffen ihn", sagte sie eines Abends, als er schon im Bett lag. Sie kam aus dem Bad, den Haaransatz feucht vom Waschen, die Kleider über dem Arm, und ihre Brüste sahen zu ihm hinunter. „Hm", machte er und konnte seinen Blick nicht losreißen. „Wir schaffen ihn bestimmt." „Sicher", sagte er. Sie bedeckte ihre Brüste mit den Händen und beklagte sich: "Du weißt gar nicht, wovon ich spreche." „Nein", sagte er zerknirscht und sah, wie ihre Lachfalten sich ausbreiteten, während sie ihre Kleider über einen Stuhl legte. „Wen schaffen wir also?" „Deinen Ruhestand. Wir werden damit klarkommen." Er war überrascht und ein wenig gerührt, weil sie sich offenbar viele Gedanken machte. „Komm", sagte er und wunderte sich, dass seine nackte Frau ihn immer noch aufregte.

Am nächsten Tag kaufte er endlich die Landkarte von Schweden und breitete sie auf dem Esstisch im Wohnzimmer aus. Sie würden ihren alten Traum wahr machen und diesen Sommer mit dem Wohnmobil durch Schweden fahren. Ohne zeitliche Begrenzung, bleiben, wo es ihnen gefiel, weiter fahren, wann sie wollten. Um Mittsommer würden sie aufbrechen. Jetzt war es Mitte Mai.

Er beugte sich über die Karte. Wenn sie von Rügen aus mit der Fähre nach Trelleborg übersetzten, könnten sie vielleicht zuerst östlich bleiben, Öland besuchen. Er maß mit den Fingern die Strecke. Angelzeug musste er mitnehmen bei all den Seen.

Er träumte ein bisschen, setzte sich auf einen Stuhl und fühlte sich angenehm müde.

Das Telefon weckte ihn, war aber wieder still, als er hingehen wollte. Kurze Zeit später kam Eva ins Zimmer. Noch etwas verschlafen winkte er sie zu sich und beugte sich über die Karte.

„Alles Wasser!" Er zeigte auf das viele Blau.

„Schweden", sagte sie. Es klang, als hätte sie Südpol gesagt.

Er fing an, sich warm zu reden, bis er auf einmal merkte, dass sie nicht bei der Sache war. „Was ist los?" Er sah sie forschend an und wunderte sich, dass sie seinem Blick auswich. „Du freust dich doch auch drauf?" „Sicher." „Also, was ist los?" „Da war eben Dr. Naumann am Telefon, als ich gerade reinkam. Mit deinem Blut stimmt was nicht. Du sollst zu ihm kommen, am besten noch heute. Es klang dringend." Verblüfft erkannte er, dass sie Angst hatte. Deshalb sah sie ihn nicht an! Er starrte auf das bunte Muster der Landkarte und stellte fest, dass ihre Angst kein Echo in ihm fand. Von einer so vagen Geschichte ließ er sich nicht bange machen.

„Es wird schon nicht so schlimm sein", sagte er freundlich, "lass uns erst unseren Kaffee trinken." Er wandte sich zu ihr um, aber sie war schon in die Küche gegangen. Kurz darauf trug sie vorsichtig zwei Tassen herein, die sie auf den schmalen Streifen Tisch stellte, der von der Landkarte nicht bedeckt wurde. Ihr Blick hielt sich an der Karte fest. „Nach Öland soll es eine schöne Brücke geben", sagte sie.

Am späten Nachmittag suchte er die Sprechstunde auf. „Herr Heimer", sagte der junge Arzt, der vor kurzem die Praxis ihres alten Hausarztes übernommen hatte, und lächelte über den Schreibtisch zu ihm hin, „ihr Blut ist nicht in Ordnung. Wir müssen es überprüfen, am besten in etwa drei Wochen. Im Augenblick kann ich noch keine genaue Diagnose stellen. Sind sie oft erschöpft?" „Nein, nur hin und wieder müde." „Haben Sie abgenommen?" „Ich hab mich länger nicht gewogen." „Appetit?" „Ganz gut", sagte er und dachte, dass er sich mal wiegen sollte. „Was könnte es denn sein?" „Es ist, wie gesagt, zu früh, und es kann ganz harmlos sein." Der Arzt lächelte ihn an. Es war ihm zu blöde, weiter nachzufragen. Ein Jammer, dass sein alter Arzt nicht mehr praktizierte. Mit ihm hätte er reden können. Er verabschiedete sich und machte bei der Sprechstundenhilfe einen Termin. Draußen fiel ihm ein, dass sie da schon unterwegs sein wollten.

Eva hatte sein Abendessen auf den Küchentisch gestellt. Ein Zettel war unter den Teller geschoben. „Bin gegen Zehn zurück. Guten Appetit!" Etwas enttäuscht erinnerte er sich, dass sie von einer Bekannten gesprochen hatte, mit der sie verabredet war.

Vor dem Fernseher aß er mit Genuss den Kartoffelsalat und eine Tomate. Frikadelle und Joghurt ließ er übrig. Nach der Tagesschau zappte er ein bisschen, fand aber nichts, das ihn interessierte, und machte den Kasten aus. Mit einem Buch über Schweden ging er nach oben.

Als Eva zu ihm ins Bett kam, wurde er wach. Er musste beim Lesen eingeschlafen sein. Sie legte sich mit dem Kopf auf seine rechte Schulter, wie er es liebte. „Und?", fragte sie und wollte alles ganz genau wissen. Er mühte sich um getreuliche Berichterstattung. „Erschöpft, hat er gefragt?" Lange Pause. „Bist du's?" „Nein, nur manchmal müde." „Du isst in der letzten Zeit weniger. Hast du dich heute gewogen?" „Hab ich vergessen." Das war gelogen. Er wollte ihr nicht sagen, dass er abgenommen hatte, weil er selbst etwas erschrocken darüber war. „Es kann ganz harmlos sein." Sie sprach langsam, ließ den Satz in der Luft hängen. Ein, zwei Minuten vergingen. „Ein Scheißsatz", sagte sie dann gedankenverloren, „weil er auf die andere Möglichkeit hinweist." Und nach einer längeren Pause: "Dadurch liegt Schweden am Ende der Welt." „Wir fahren eben ein bisschen später", sagte er und zog sie näher an sich. Dann drehte er sich um, küsste ihre Augen, ihren Mund. Sie gab ihm einen Kinderkuss und rollte sich auf ihre Seite. Den linken Arm ließ sie bei ihm liegen. Er hob ihn vorsichtig auf den Hügel, den sie mit ihrem Bettzeug bildete, und legte sich hinter sie. „Schlaf gut." „Du auch." Er träumte in dieser Nacht wirres Zeug, an das er sich am Morgen nicht mehr recht erinnern konnte.

Immer häufiger erwachte er in den folgenden Nächten aus einem dünnen Schlaf und lag still auf seiner Seite, um gleichmäßiges Atmen bemüht. Oft kam es ihm dann vor, als läge Eva auch wach. Sie sprachen nicht darüber, wie auf Kommando hatten sie aufgehört, einander zu fragen, wie sie geschlafen hatten.

Eva kaufte Vitamine, ein Stärkungsmittel, pflanzliche Schlaftabletten. Er schluckte alles gehorsam. Neuerdings mahnte sie ihn oft, sich nicht so anzustrengen, wenn er im Garten grub oder Sträucher in Form schnitt. Er arbeitete dann zwar weiter, horchte aber in sich hinein. Pulsschlag, Atmung, irgendwelche Schmerzen? Jeden Abend starrte er auf die zitternde Nadel der Waage und stellte fest, dass er sein Gewicht hielt, oder doch wenigstens beinahe.

Als ein Freund ihn einlud, mit ihm in Spanien zu wandern, um Vögel zu beobachten, sagte er ab. Dabei war Ornithologie ihr gemeinsames Hobby und er hätte schrecklich gern mitgemacht, weil doch die Schwedenfahrt schon verschoben werden musste. Aber Eva meinte, es sei unverantwortlich.

Stattdessen fragte sie ihn, ob sie nicht die Aufgabenbetreuung drangeben und ganz zu Hause bleiben sollte. Er war dagegen, hatte Angst, dass sie ihn dann noch häufiger heimlich beobachten würde.

Nachdem das Ergebnis der nächsten Blutuntersuchung wieder nicht eindeutig war und der Arzt ihn nach seinem Alkoholkonsum fragte, trank er nicht mal mehr sein Glas Rotwein am Abend. Eva kaufte zusätzlich ein leberstärkendes Mittel. Er verzog sein Gesicht, als sie es ihm hinhielt. Sie wandte sich wortlos ab. Beide waren sie in letzter Zeit etwas empfindlich.

Mit Hilfe eines medizinischen Lexikons versuchte Eva die Ergebnisse der Untersuchungen zu entschlüsseln. Einmal fand er das Buch aufgeschlagen im Wohnzimmer liegen und das Wort ‚Leukämie' sprang ihm ins Auge. Es erschreckte ihn vor allem deshalb, weil er selbst schon daran gedacht hatte.

Inzwischen war es Juli geworden, und das Wetter konnte nicht schöner sein. Er wartete darauf, sich wieder Blut abnehmen zu lassen. Danach würde er auf das Ergebnis warten.

An einem Samstagmittag fiel Eva plötzlich ein, dass sie vergessen hatte, zur Apotheke zu gehen. Die Vitamintabletten waren aufgebraucht, das Schlafmittel reichte auch nicht mehr. Und in zehn Minuten war Ladenschluss. Die Mischung aus Ärger und Panik in ihrem Gesicht reizte ihn zum Lachen. Beleidigt lief sie hinaus. Er hörte, wie sie das Rad aus der Garage holte und durch den Kies schob.

Hilflos setzte er sich auf die Terrasse, wartete, döste.

Als er später ins Haus ging, fand er Eva mit einer Tasse Kaffee am Küchentisch. Sie sah nicht auf, als er eintrat.

„Hast du es noch geschafft?", fragte er.

„Diese verdammten Pillen", antwortete sie. „Hätten mir beinahe das Genick gebrochen."

Verständnislos sah er sie an und wartete darauf, dass sie weiter sprach. Stattdessen liefen ihr Tränen übers Gesicht. Erschrocken setzte er sich zu ihr, legte seinen Arm um sie.

„Es ist alles bloß die Angst. Ich hab' so schreckliche Angst!" Sie wischte ihr Gesicht trocken, das sofort wieder nass war.

Er nickte heftig. Nach und nach erfuhr er, dass sie kurz vor der Apotheke mit dem Rad gestürzt war, sich aber kaum verletzt hatte. Dann war sie allerdings nicht mehr hineingegangen. „Sinnlos", sagte sie. „Angstvermeidung. Lächerlich."

Sie schwiegen lange. Bis sie sich von ihm löste, energisch die Nase putzte und ihn herausfordernd ansah.

Er nickte wieder und fand, dass Schweden vielleicht doch nicht am Ende der Welt lag.

Ein heißer Tag

Anfang Juni war plötzlich die Hitze da. Die Katzen schliefen tagsüber nicht mehr im Wohnzimmersessel, sondern machten sich Mulden im hohen Gras der Wiese. Sie kamen nur zum Fressen ins Haus. Meine dreijährige Enkelin füllte ihren Napf und streichelte sie jedes Mal hingebungsvoll. Sie war ein paar Tage zu Besuch.

Ich lud meine Freundin ein, die lange schwer krank gewesen war, aber inzwischen wieder Auto fahren konnte. Zu dritt fütterten wir die Ziegen auf der nicht weit entfernten Weide. Gierig fraßen die Tiere uns das Brot aus den Händen. Sie streckten ihre behaarten Mäuler durch den Zaun und nahmen es mit den Lippen. Wir konnten ihre Zähne sehen, ihre gelben Augen mit den quer liegenden Balkenpupillen. Damit das Kind die jungen Ziegen füttern konnte, hielten wir vor allem den Bock mit den harten Krusten in Schach. Als alles Brot verfüttert war, schlenderten wir bis ans Ende des nächsten Zauns.

Und da sahen wir sie im Schatten des Stalls: Zwei winzige Zicken, die kaum stehen konnten. Die Mutter leckte sie noch. Man sah deutlich die Nabelschnur unter ihren Bäuchen. Hingerissen verfolgten wir ihre Bewegungen, das Einknicken der Vorderbeine, die Anstrengung des Wiederaufstehens, das Wackeln mit den Stummelschwänzen. Weil der Bauch der Ziege noch so dick war, mutmaßten wir, sie könnte vielleicht noch ein weiteres Junges gebären, und nahmen uns vor, am Abend wieder zu kommen.

Nachmittags saßen wir im Schatten der Buche. Sonnenflecken lagen auf Gras und Sand, dem rosa Hut des Kindes, das nackt in einer Wanne mit Wasser spielte.

Der Garten, voll Farben und Düfte, inszenierte die Ouvertüre des Sommers. Wir lauschten seiner Musik, begierig zu glauben, was er versprach.

Später, im Haus, schlief die Kleine auf dem Sofa ein, müde von der Hitze, dem Spiel.

Wir fuhren mit dem Rad ein zweites Mal zu den Ziegen, gespannt, voll freudiger Erwartung. Die Sonne im Rücken, empfanden wir den Fahrtwind als Erleichterung. Es war immer noch sehr heiß. Auf dem Wasser des Grabens lag eine silberne Schicht: Pappelsamen. Einmal aufmerksam, sah ich ihn überall am Straßenrand, auch in der Luft. Leichter als Watte, transparent von der Sonne.

An der Weide angekommen, suchten wir mit den Augen nach Mutter und Jungen, fanden sie schließlich auf der Erde liegend, halb in der Sonne. Die Alte hatte keinen Blick mehr für ihre Kinder, war mit ihrer eigenen Kraftlosigkeit beschäftigt, streckte ein Bein aus, mit dem sie ein Junges unsanft berührte.

Die Zicken lagen, als wäre es für immer, zu schwach zum Aufstehn. Kleine, glänzend braune Hügel im Auf- und Ab kurzer Atemzüge, von Sonne und Fliegen bedrängt. Vor allem die eine schien nicht fähig, den Kopf zu tragen.

Das Elend der Welt bricht unerwartet ein, in kleinen Gesten, wenn wir schutzlos sind: Ein Winken aus dem Krankenhausfenster, die weit geöffneten Augen des sterbenden Babys, die Schulterblätter der 10jährigen Anne Frank auf einem Urlaubsfoto am Meer. Hier war es das Zittern des kleinen Kopfes, das offene Maul als Scherenschnitt vor der Abendsonne.

Ich bekämpfte den Impuls, auf die Weide zu klettern und die kleinen Ziegen in den Schatten zu tragen. Es würde nur Aufregung unter den Tieren verursachen, unnötig ihre letzten Energien verschwenden.

Wir lehnten hilflos am Zaun. Jetzt erst fiel mir auf, wie ungepflegt die Weide war: An mehreren Stellen achtlos übereinander geworfene Bretter und Balken, kahle Äste, schlampig ausgebesserte Drähte.

„Das eine wird nicht überleben", sagte meine Freundin. Sie weinte. Selbst den Tränen nahe, fielen mir frisch geschlüpfte Vögel ein, winzige Gebilde aus Haut und Knochen, zu schwach den Kopf zu heben. Sie werden stark und schön. Ich sprach davon, versuchte sie zu trösten. "Die schaffen es, du wirst sehen!"

Irgendwann fuhren wir schweigend zurück. Der Pappelsamen lag am Weg wie schmutziger Schnee.

In mir entstand eine Art Entsetzen vor der Möglichkeit, die kleine Ziege könnte sterben. Ich verband die Gefährdung des Tiers irgendwie mit der noch nicht endgültig überwundenen Gefährdung meiner Freundin. Ein unreflektierter, magischer Zusammenhang, wie wenn ein Kind nicht auf die Fugen zwischen den Gehwegplatten tritt, weil es glaubt, sonst passiere etwas Schlimmes. Das Schlimme passiert. Wenn diese kleine Ziege sich gesund entwickelte, lebte sie um geschlachtet zu werden.

Am nächsten Morgen fuhr ich alleine zur Weide, fand Mutter und Zicken in bester Verfassung. Die Jungen tranken an den abstehenden Zitzen und versuchten dazwischen ein paar Hopser.

Ich würde meine Freundin anrufen, um meine Freude mit ihr zu teilen. Aber ich wusste: Es war auch eine Beschwörung der Angst vor all den vielen falschen Toden, die uns umgeben, in die wir verwickelt sind.

Nie wieder

„Nein", sagt sie laut, „ich will mich nicht verlieben."

Mit erdigen Fingern streicht sie vorsichtig eine Haarsträhne aus dem Gesicht. Blickt hinunter zum Wasser, von dem leichter Dunst aufsteigt, und spürt, wie die feuchte Luft ihre verschwitzte Haut kühlt. Sie nimmt den Unkrauteimer vom Boden, die kleine Schüppe, den Spaten. Das Beet ist fertig. Seit dem letzten Sommer ist es nicht bearbeitet worden. Jetzt liegt die Erde dunkel und krümelig zwischen den Stauden, von denen manche noch tot aussehen, andere bereits ausschlagen. Krokusse blühen schon und vor allem das Lungenkraut, das sich überraschend weit ausgebreitet hat. Vom Beetrand wuchert es bis zur Terrassentreppe, blau und rosa.

Auf dem Weg zum Schuppen leert sie den Eimer aus und stellt ihn gleich neben die Tür, säubert die Geräte, wechselt die Schuhe. Im Dämmerlicht des lang gezogenen Holzbaus sieht sie die Paddelboote liegen, gut verpackt und leicht über die paar Meter Wiese bis zum Steg zu ziehen. Wie lange ist sie nicht auf dem Wasser gewesen! Es wird Muskelkater geben, nachdem sie den Winter hindurch nur herumgesessen hat in den viel zu großen Pullovern ihres Mannes.

Sie schließt die Schuppentür und merkt auf einmal, wie hungrig sie ist. Wäscht sich im Regenfass die Erde von den Händen und geht über die Terrasse ins Haus. Wärme, Kaffee, Butterbrote. Hochgelegte Füße am Küchentisch, von dem aus sie das untere Stück Garten und einen Teil Havelbucht sehen kann. In den Bäumen liegt schon Dämmerung. Nur vom Wasser scheint noch Helligkeit herauf.

Und wieder, wie schon mehrmals in dieser Woche, stellt sie erstaunt und fast erschrocken fest, dass der Druck in der Herzgegend verschwunden ist.

Ihr neues Leben!

Vielleicht kauft sie sich ein schnurloses Telefon. Dann kann sie es mit in den Garten nehmen. Oder lieber ein Handy? Auf jeden Fall wird sie viel mehr telefonieren. Und Auto fahren. Nach Potsdam, nach Berlin, zu ihrem Sohn und den Enkeln, zu Freunden. Sie hat so viel nachzuholen.

Ob sie sich eine Katze ins Haus holt? Eine, die rein und raus kann, wann sie will, und mit der sie doch nah zusammen lebt? Auf ungefährliche Art Tisch und Bett teilt? Sie stellt sich das Leben mit Katze vor, während sie ein Bad nimmt. Morgen wird sie zum Bauern gehen und fragen, ob seine schon Junge hat.

Die Gefahr liegt im Umschlag auf dem Wohnzimmertisch und wartet auf sie. Sie hat Rolfs Brief am Mittag nur schnell überflogen, weil die Post kam, als sie in den Garten gehen wollte. Und weil sie daraus etwas anwehte, das sie nicht brauchen kann, nicht erwidern will.

Sie setzt sich aufs Sofa. Sieht ihn vor sich wie letztens nach langer Zeit bei Freunden. Älter, trauriger, weicher war er ihr vorgekommen, als sie ihn in Erinnerung hatte. Im Gespräch übers Paddeln stellten sie fest, dass ihre Bekanntschaft so alt war wie ihre Mitgliedschaft im Verein. Er war überrascht, als er hörte, dass sie direkt am Wasser wohnt. „Wusste ich ja gar nicht!", rief er, plötzlich lebhaft, und erkundigte sich, wie das Grundstück vom Wasser her aussieht. Abends, als sie nach Hause gehen wollte und seine Begleitung ausschlug, amüsierte sie sich über sein verblüfftes Gesicht. Sie geht gern allein, fürchtet sich nicht im Dunkeln. „Ich bin schon groß", hatte sie augenzwinkernd gesagt -und er: "Bis bald, Ulla!"

Zwei Tage später sah sie, wie ein grün-weiß gestrichenes Motorboot an ihrem Steg anlegte. Bald darauf stand er verlegen mitten im Garten und war offensichtlich froh, dass sie ihn gesehen hatte und aus dem Haus kam.

Er zeigte ihr seinen alten Kahn, wie er das Boot nannte. Kochte Kaffee an Bord, den er ihr etwas hilflos in einem stark angeschlagenen Becher hinhielt. Dazu Kekse aus einer großen Blechdose. Beide gefielen ihr, der Mann und das Boot. Sie erfuhr, dass er es bald nach der Trennung von seiner Frau gekauft hatte und oft tagelang allein damit unterwegs war.

Er erzählte von alten Kirchen in Brandenburg, zeigte ihr seine Lieblingsroute auf der Karte. Sie hörte zu und sprach von den Plänen für ihr neues Leben. Zuletzt legten sie ab und fuhren fast schweigend durch die Flusslandschaft.

Als sie in der frühen Dämmerung wieder zum Haus gekommen war, hatte sie festgestellt, dass die Terrassentür den ganzen Nachmittag offen gestanden hatte.

Und nun dieser Brief. Sie faltet ihn auseinander. Eine gerade, etwas eckige Schrift, nicht groß, nicht klein. Mit Tinte, was sie sympathisch findet.

„Liebe Ulla,

der Nachmittag mit dir hat mir so gut getan, dass ich dir schreiben muss. Um dir zu danken und damit du weißt, was du angestellt hast. Ich komme nicht davon los, sehe dich immer wieder vor mir. Die Selbstverständlichkeit, mit der du dich auf meinen Überfall eingelassen hast, dein Zuhören, das ich als Interesse interpretiere, deine Offenheit werfen mich einfach um. Auch dass wir miteinander schweigen konnten."

Gut getan hat ihm der Nachmittag. Ihr hat es auch gefallen. Gut getan? Vielleicht. Wenn er nicht davon loskommt, ist das sein Problem. Sie hat nichts angestellt und wird auch nichts anstellen. Die stille Fahrt auf dem Fluss, als wären sie allein auf der Welt, war ungewöhnlich schön, das ist wahr. Aber deshalb wird sie sich nicht verlieben. Nein, mein Herr, keine Chance, kein Glück.

„Ich hoffe sehr, dass wir uns bald wieder sehn und wieder sehn und wieder sehn, denn mit meinen 59 habe ich keine Zeit zu verlieren. Ich wünsche mir, dass du dazu Ja sagst und der Nachmittag nur ein Anfang war.

Von jetzt an werde ich dem Briefträger auflauern und das Telefon nicht mehr aus den Ohren lassen (zu jeder Tages- und Nachtzeit).

Dein Rolf"

Sie steht vom Sofa auf und holt sich ein Glas Saft aus der Küche. Kommt zurück und faltet die Wolldecke zusammen, die sie über ihre Beine gelegt hatte. Es ist doch ziemlich warm. Setzt sich wieder und liest den Brief ein zweites Mal.

Sie muss ihm schreiben. Nicht anrufen. Schreiben ist sicherer. Sie wird ihm sofort schreiben. Damit sie es hinter sich hat und er dem Briefträger nicht mehr auflauern muss.

Lieber Rolf, formuliert sie in Gedanken, es wird nichts mit der Liebe. Das kann sie natürlich so nicht schreiben. Sie sucht nach einer Karte, doppelt. Blanko oder mit Bild? Unverfänglich auf jeden Fall.

Den Füller in der Hand, sitzt sie am Tisch, hat außer der Karte mit Umschlag ein Blatt Papier vor sich liegen. Versuchsweise schreibt sie: „Nach den Aufregungen der vergangenen Zeit sehne ich mich nach einem ruhigen Leben und will mich auf kein Herzklopfen mehr einlassen."

Davon hat sie genug gehabt in den Jahren, als Peter so krank war. Das plötzliche Losrasen, wenn sie nachts wach wurde und das Gefühl hatte, er bekäme keine Luft mehr.

Das Aussetzen des Herzschlags vor der Zimmertür im Krankenhaus und das Wiedereinsetzen drinnen als Rauschen in den Ohren und Klopfen unter der Schädeldecke.

Das Flimmern, wenn sie ihn ansah und merkte, wie sehr er sich bemühte, sie nicht zu beunruhigen.

Zuletzt, in den Wochen mit hohem Fieber nach der Operation, als auch die neue Herzklappe nicht funktionierte, der pulsierende Schmerz. In den Fingerspitzen, den Lippen. Die rhythmisch tanzenden Punkte vor den Augen.

Und später dann die Stille, der anhaltende Druck. Spätsommer, Herbst, Winter.

Lieber Rolf, es hat vor wenigen Tagen erst aufgehört, ich will kein neues Herzklopfen mehr, nie wieder!

Sie holt sich Wein, schüttet ihr Glas voll, setzt sich zurück aufs Sofa. Müdigkeit breitet sich in ihr aus.

Da läutet das Telefon. Mühsam findet sie in die Gegenwart zurück. Es ist der Freund ihrer Tochter aus Köln. Ob Bea sich bei ihr gemeldet habe. Er mache sich Sorgen. Sie hätten sich getrennt. Er fürchte, sie tue sich was an.

Die Gegenwart klopft in ihrem Hals, ist ein Hammer zwischen den Rippen.

Unsinn, Bea tut sich nichts an!

„Wo bist du denn jetzt?"

„In Beas Wohnung, aber hier ist sie nicht."

Ulla zieht Striche auf einen Zettel, wie sie es immer tut, wenn sie telefoniert. Sieht, dass die Striche Haken in regelmäßigen, kurzen Abständen haben. Wie ein EKG.

Sie fragt, er redet. Sie versteht nicht so recht. Spürt aufkeimende Panik angesichts der hoffnungslos riesigen Entfernung. Will nicht, dass er auflegt. Fragt. Er redet. Ob er schon bei ihren Freundinnen angerufen habe? Hat er. Pause. Da hört sie etwas im Hintergrund, und er flüstert schnell: "Das muss sie sein, ich leg jetzt auf."

Sie zieht eine Jacke an, wickelt sich in die Decke und setzt sich mit ihrem Glas Wein auf die Terrasse. Trinkt, sieht die Sterne an, denkt an Bea, an Peter, an Rolf, an die anderen, die sie lieb hat.

Als die Kühle durch Jacke und Decke kriecht, geht sie ins Haus und wählt Rolfs Nummer. Er ist beim zweiten Klingeln schon dran. Sie nennt ihren Namen, stellt sich sein verblüfftes Gesicht vor, spürt, wie ihr Puls sekundenlang aussetzt und danach mit einem Sprung wieder beginnt. „Ja", sagt sie.

Wegbeschreibung

Die Bahn ruckt an, und obwohl noch Zeit genug ist, erwacht in Katharina wie immer der Schrecken, sie könnte jetzt schon losfahren und sie zurücklassen. Zwar weiß sie von früher, dass die U76 kurze Zeit nach der Ankunft in Krefeld noch mal anfährt, nur ein kleines Stück, um in der richtigen Ausfahrposition zu stehen. Aber sie vergisst es von Mal zu Mal, weil sie heutzutage nur noch selten mitfährt. Und während sie noch zwanzig, zehn oder fünf Schritte von der ersten Tür entfernt ist, entsteht prompt dieses Gefühlschaos aus Panik, Verlassenheit und Zorn in ihr. Sobald die Bahn dann hält, schimpft sie sich eine Idiotin, lacht auch über sich und weiß, dass sie beim nächsten Mal wieder drauf reinfallen wird. Es muss mit ihrer Psyche zu tun haben.

Gudrun, ihre Tochter, könnte dazu bestimmt etwas Gescheites sagen, zumindest die richtigen Fragen stellen, die Katharina dann die entsprechenden Erinnerungen wiederbrächten. Gudrun versteht viel von Psychologie. Katharina dagegen quält sich immer noch mit den simpelsten Erkenntnissen ab. Es wird am Alter liegen.

Jetzt ist sie an der Bahn angekommen, und auf Knopfdruck fällt ihr angenehme Wärme entgegen. Es ist Herbst und draußen bereits kühl. Sie steigt in den Bistro-Wagen, auf den sie es immer abgesehen hat.

Sie hängt ihren Mantel auf, setzt sich, sieht aus dem Fenster und spürt, wie die Welt sich verändert, die Dimensionen fließend werden, unwirklich–wirklich.

Neben ihr gleitet die Landschaft vorbei. Aus der Stadt heraus geht die Fahrt zuerst durch locker besiedelte Gebiete, Vororte von Krefeld, dann erreicht sie freies Feld. Auf einigen Wiesen kauen noch Kühe, keine Nachtfröste haben sie bisher in den Stall getrieben. Umgepflügte Äcker links und rechts, manche schon mit den dünnen Reihen der Wintersaat. Kohl und Rüben werden geerntet. In den Traktorspuren glänzt Wasser. Mais steht noch. Die dürren, ausgebleichten Blätter verbergen die Fruchtkolben. Oder sind die Stängel hohl und unfruchtbar? Über dem Land liegt leichter Dunst, verwischt die Konturen, so dass sich die hin und wieder auftauchenden Waldstücke ins Unendliche verschieben.

Sich mitnehmen lassen.

Da kommt die Baumallee, die zu einem großen Anwesen führt. Wie oft hat sie sich vorgestellt, wie es wäre, dort mit Freunden zu wohnen und gemeinsam zu suchen, wie Leben im Alter gehen könnte.

Unrealistisch, sagt Gudrun zu solchen Ideen und zählt alle Probleme auf, die dabei entstehen können. Wahrscheinlich hat sie recht. Aber müsste man es nicht trotzdem versuchen? Scheitern unsere Träume, weil die Zeit nicht reif ist, die Menschen überfordert? Oder weil wir ihre Verwirklichung erst gar nicht ernsthaft versuchen? Jedenfalls ist auch Realität, dass das Vorbeifahren an diesem Ort ihr jedes Mal weh tut.

Ihre Tochter findet, sie solle endlich der Tatsache ins Auge sehen, dass sie über 70 ist, und zu ihr nach Wuppertal ziehen. In ein Seniorenheim ganz in der Nähe ihrer Wohnung. Vieles spricht dafür, das Meiste, fast Alles, nachdem ihre Katze an Altersschwäche gestorben ist. Und so ist sie heute mit Gudrun und dem Seniorenheim verabredet. In Düsseldorf Hauptbahnhof wird sie einen Zug nach Wuppertal besteigen, um ihrem Lebensabend ins Auge zu sehen.

Vor ihr, auf dem kleinen Tisch mit dem Plastikläufer, der alle Dinge rutschfest macht, steht inzwischen eine Tasse Tee. Etwas zu lesen gehört ebenfalls dazu. Ein Buch, eine Zeitung, eine Illustrierte und manchmal was zum Schreiben. Auch das bereitgelegte Geld darf nicht fehlen, damit sie es nicht zusammensuchen muss, wenn in der inzwischen gefüllten Bahn plötzlich kassiert wird. Meist bemerkt sie das nämlich erst, wenn die Bedienung bereits vor ihr steht. Dann das Portemonnaie aus der Tasche holen und das Geld abzählen, ist ihr unangenehm.

Heute hat sie einen Roman von José Saramago mit, der vor wenigen Jahren den Literaturnobelpreis erhalten hat. Viel weiß sie nicht über ihn, nur dass sein letztes Buch „Die Stadt der Blinden" heißt und dass er als Atheist einen Roman über Jesus geschrieben hat: „Das Evangelium nach Jesus Christus". Komisch, dass er „Christus" dazuschreibt. Wenn Katharina Atheistin wäre, würde sie ihr Buch über Jesus höchstens „Das Evangelium nach Jesus" nennen.

Sie hat den Roman mit der Rückseite nach oben auf das Bistrotischchen gelegt. Die Vorderseite sieht so kitschig aus, dass sie sich schämt, sie offen vor sich hin zu legen. Auf himmelblauem Hintergrund ist da ein knallrotes Herz zu sehen, aus dem ein braunes Kreuz ragt. Das Ganze mit Stacheldraht und dem üblichen Etikett INRI versehen. Soll wohl ein Gag sein.

Ihr gegenüber sitzt seit wenigen Minuten eine gutaussehende Frau mittleren Alters. Als sie sich hingesetzt hat, haben Katharina und sie einander kurz angesehen und zugelächelt, dann hat sich jede den eigenen Blickrichtungen überlassen. Katharina fällt das Wegsehen schwer. Als Kind schon war sie von Gesichtern fasziniert, als Jugendliche hat sie oftmals Menschen so fixiert, dass es peinlich wurde. Heute noch möchte sie sich manchmal in das Gesicht ihres Gegenübers vertiefen, es lesen wie ein Buch. In diesem Fall wird ihr dieser Wunsch deutlich bewusst, und es kostet sie Anstrengung, die Frau nicht anzusehen, sondern aus dem Fenster zu blicken.

Die alte Villa, die gerade vorübergleitet, ist inzwischen renoviert, sieht aber in dem noch ungepflegten Garten weiterhin verwunschen aus. Häuser - Menschen - Welten. Lauter Welten um sie herum.

Nachdem sie den Teebeutel aus dem Glas genommen, Milch und Zucker darin umgerührt hat, öffnet sie das Buch.

Das Lesen in der Bahn ist eine Art Meditation. Man liest eine Seite oder so und blickt dann hinaus auf die vorbeiziehende Landschaft, sieht und sieht doch nicht, hängt dem Gelesenen nach. Taucht aus dem Buch in Wiesen, Bäume und Licht und von dort zurück in die vor den inneren Augen vorbeiziehenden beschriebenen Bilder. Traumwelten. Eine andere Art von Bewegung in der Bewegung, die sogar Einstein nicht hätte berechnen können.

Jetzt wird die Bebauung dichter, die Bahn hat die offenen Felder verlassen und fährt zwischen Häusern weiter. Bald kommt die Haltestelle „Belsenplatz" in Oberkassel, kurz vor der Rheinbrücke, dem magischen Punkt der Fahrt.

Vor einiger Zeit hat sie herausgefunden, warum sie Seen, Flüsse, Meere so liebt: Sie verdoppeln den Himmel. Sie holen sozusagen den Himmel auf die Erde, weil sie große Spiegel sind. Und weil Himmel und Licht jeden Tag anders sind, ist sie immer wieder gespannt auf den Anblick.

Sie legt das Buch weg und erwartet ihn. Still fließt er heute, erzählt vom Gleichmaß der Tage, dem unabänderbaren Wieder und Weiter. Er leuchtet ruhig herauf, kommt rechts vom Fernsehturm, fließt an der Altstadt vorbei, unter der Bahn hindurch zum Meer. Sie ahnt die Weite, die ihn erwartet, erlaubt sich ein bisschen Sehnsucht danach.

Und dann geht alles sehr schnell. Sie nimmt das Buch vom Bistrotischchen, steckt es in die Tasche, zieht den Mantel an und steigt aus. „Tonhalle" heißt die Station unmittelbar auf der anderen Seite des Rheins, auf der sie sich überrascht wieder findet.

Langsam geht sie in Richtung Brücke, blinzelt ein bisschen, weil die Sonne durchgekommen ist und vom Wasser her blendet, riecht den Fluss und weiß, dass sie hier bleiben wird. In der melancholischen Weite der niederrheinischen Landschaft, zu der sie gehört, die zu ihr gehört. Nirgendwo sonst will sie ihre letzten Jahre verbringen. Gudrun wird es hoffentlich mit der Zeit verstehen.

Ungefähr in Brückenmitte hält sie an, legt die Arme aufs Geländer und sieht der Strömung zu, die unregelmäßige Wellen bildet. Als sich unter ihr ein Lastkahn flussaufwärts aus der Brücke schiebt, spürt sie den Impuls, aufs Deck zu spucken, wie sie es als Kind oft getan hat und lächelt vor sich hin. Sie fühlt sich jung. Jung genug, ihren alten Traum genauer anzusehen. Vielleicht lässt er sich doch verwirklichen, irgendwo hier.

Rivalen

Zwei Wochen nach Erikas Tod fiel ihm auf, dass die Katze sich zum Schlafen nicht mehr zusammenrollte, sondern mit eingeschlagenen Vorderpfoten vor sich hin brütete. Er blieb vor ihrem Stuhl am Küchenfenster stehen und strich vorsichtig über ihren gesenkten Kopf. Sie reagierte nicht. Erst als er sich vor sie hin hockte und leise „Na, du" sagte, während seine Hand weiter ihren Kopf streichelte, hob sie ihn ein wenig und blinzelte in seine Richtung. „Was ist los mit dir, Alte?", fragte er und wusste es doch.

Der Dauerregen, der zusammen mit dem Kanalhochwasser den Garten überschwemmt hatte, schien seit dem Vortag beendet. Die Sonne war ungewöhnlich warm für April. Er öffnete die Tür zur Terrasse und setzte sich in den Sessel aus Rattangeflecht, in dem Erika manchmal mit der Katze auf dem Schoß gelegen hatte. Auf dem grün gestrichenen Tisch standen immer noch die Blumenschalen, zum Teil mit Erde gefüllt, und die Geranien, die Erika hatte einpflanzen wollen.

Die Katze kam aus der Küche, sah ihn und sprang auf die Fußablage des Sessels, die er nicht benutzte, weil er vornüber gebeugt saß, die Beine seitlich auf den Boden gestellt. „Wahrscheinlich war sie in ihrem früheren Leben ein Hund", hatte Erika oft gesagt, wenn sie ihr überallhin gefolgt war, sogar ins Schlafzimmer, was er verabscheute. Er fand es unappetitlich, wenn die Katze schnurrend in seinem Bettzeug lag. Erika hingegen ließ sie einfach gewähren, nahm sie mit, wohin sie wollte. Sie hatten manchmal darüber gestritten, sich aber nicht einigen können. So hatte er sich angewöhnt darauf zu achten, dass die Schlafzimmertüre immer geschlossen war.

„Hund", sagte er und sah zu, wie sie sich ihm gegenüber niederließ, bis sie wieder auf den eingeknickten Vorderpfoten lag, den Schwanz ordentlich um sich herum.

Vom Kanal her hörte er den Motor eines Lastschiffes und spürte gleichzeitig, wie die Enge in Hals und Brust zunahm. Er hasste den Kanal. Erika hatte ihn geliebt. Die Geräusche der Schiffe waren für sie Kindheitsmusik. Ihre ganze chaotische Familie wohnte in Duisburg am Rhein-Herne-Kanal oder in seiner Nähe. Und bei jedem Verwandtenbesuch war ihm unweigerlich der Kanal nahe gekommen, fast so, als wäre er ein weiteres Familienmitglied. Die Geschichten von Beinahe-Katastrophen bei Hochwasser oder von Helden, die in vergangenen Zeiten unter Schleppkähnen durchgetaucht sein sollten, interessierten ihn nicht. Er ärgerte sich über die Mücken bei Uferspaziergängen und blieb nicht, wie die anderen, auf Brücken stehen, um zu sehen, wie die Schiffsungeheuer sich langsam darunter hervorschoben. Es machte ihm Angst, zog ihn in die Tiefe. Er konnte auch nicht schwimmen, hielt nicht viel von Kanälen, Flüssen, Seen und Meeren. Brauchte festen Boden unter den Füßen.

Erikas Begeisterung für diese gerade Wasserstraße, der er so gar nichts abgewinnen konnte, hatte anfangs nur Unverständnis in ihm hervorgerufen. Später, als sie bereits mit ihm in der Nähe der holländischen Grenze wohnte und dem Kanal nachtrauerte, fühlte er sich dadurch verletzt. „Liebst du mich?", konnte er dann fragen, so unvermittelt und todernst, dass sie ihn statt einer Antwort nur ansah, in der Hoffnung, ihre Augen sprächen deutlicher als Worte. Und wenn er dann weiterfragte: „Warum?", entstand ein Spiel, das sie beide glücklich machte. „Ich liebe dich nicht, weil du so schön bist, so klug, so reich, so gebildet, so romantisch". Und mit jeder genannten Eigenschaft wuchs ihr unterschwelliges Lachen an, das sie mühsam je nach Länge der Litanei in Schach hielt, um den Schluss zu überstehen: „...sondern, weil ich dich liebe." Und dann machte sich ihr Überschwang Luft.

Obgleich er ihre Liebeserklärungen genoss, lebte dennoch untergründig ein stiller, eifersüchtiger Hass auf den Kanal in ihm. Er hatte es ihr nie gesagt. Mit niemandem hatte er darüber gesprochen. Was würde man über ihn denken, wenn er von einem Kanal wie von seinem Nebenbuhler sprach?

„Du hast gewonnen", sagte er und sah hinaus in den Garten, wo das Hochwasser noch die letzten ein oder zwei Meter bedeckte. Weiter oben hatte sich das Wiesenschaumkraut überall ausgebreitet und stand in Blüte.

Wie oft hatte sie davon geschwärmt. „Weißt du, die Wiesen am Kanal sind im Frühling voll von Kuckucksblumen, ein Meer aus Blütenschaum. Aber dazu braucht es Feuchtigkeit, nicht diesen trockenen Boden."

Immer, wenn sie das Leben am Kanal verherrlichte, während sie mit ihm in der Walbecker Heide lebte, hatte er sich schweigend abgewandt, weil er den Ausdruck ihrer Augen nicht ertragen konnte.

Und nun hatte sie die Erfüllung ihres lila Traums nicht mehr erlebt.

Während er sich zurücklehnte und seine Beine links und rechts neben die Katze legte, schloss er die Augen. Dieser explodierende Frühling tat ihm weh.

Bald würde es Mittag sein und seine Tochter kommen, die schon vor Jahren nach Meiderich geheiratet hatte und nur zehn Autominuten entfernt wohnte. Sie besuchte ihn täglich, seit er allein war. Irgendwann hörte er ihre Schritte im Kies, den Schlüssel und wie sie nach ihm rief. Dann stand sie in der Tür zur Terrasse, mit Erikas Augen, das rötliche Haar wie sie im Nacken zusammengebunden, ihre sonst so sichtbare Lebendigkeit durch dunkle Kleidung gebremst.

Eine plötzliche Rührung überfiel ihn, die er sich nicht anmerken lassen wollte, weshalb er umständlich die Füße von der Ablage nahm und seine Socken hochzog.

Sie küsste ihn auf die Glatze, nahm die Katze auf den Arm und legte ihr Gesicht in das weiche Fell.

„Sie frisst fast nicht", sagte er. Die Tochter sah ihn an und lächelte schwach. „Ich hab dir was zu essen in die Küche gestellt."

„Danke", lächelte er schief zurück.

Sie setzte die Katze auf den Tisch und fing an, die Geranien aus den Töpfen zu schlagen und in die Schalen zu stellen. Es war nicht genug Erde da! Beim Erde holen war es ja passiert. Sie goss die provisorisch eingepflanzten Blumen gründlich, stellte die beiden Schalen auf den Ziegelboden der Terrasse, daneben den Stapel mit leeren Plastiktöpfen. Dann wischte sie den Tisch ab. „Morgen bring ich Blumenerde mit."

„Kannst du noch was bleiben?"

„Ein Lob der gleitenden Arbeitszeit! Obendrein hab ich zu Hause nur halb gegessen, die andere Hälfte ess' ich jetzt mit dir."

Er blieb noch sitzen, während sie in die Küche ging, von wo er sie mit Geschirr hantieren hörte. Dann fiel ihm ein, dass er die Katze vor dem Essen hatte füttern wollen, stand auf, ging mit krummem Rücken ins Haus und lockte sie, nachdem er frisches Futter in den Napf gefüllt und auch das Wasser erneuert hatte. "Komm, Alte, komm, es gibt was." Die Katze kam langsam herein, roch an ihrem Fressen, leckte versuchsweise daran und trank dann nur ein bisschen, bevor sie auf ihren Stuhl am Fenster sprang. Enttäuscht räumte er die Dose mit Futter in den Kühlschrank.

Die Tochter saß schon am runden Tisch, seinem Platz gegenüber. Rechts von ihm hatte Erika immer gesessen. Es gab Grünkohl durcheinander, danach dünne, mit Rübenkraut bestrichene und aufgerollte Pfannekuchen. Sein Lieblingsnachtisch. Wieder musste er mit dieser Rührung kämpfen, als er sich an den Tisch setzte und auf seinen Teller sagte: „Sieht lecker aus."

„Komm doch heute Abend", lud sie ihn ein, „alle sind da."

Er konzentrierte sich auf sein Essen, suchte Geschmack daran zu finden.

„Ach, weißt du", fing er an und hörte wieder auf. Ihre chaotische Familie überforderte ihn. Seine drei Enkel, alle aktiv in Sportvereinen, waren ihm so fremd, dass er manchmal verlegen wurde im Umgang mit ihnen.

„Grüß sie alle", sagte er. „Du weißt, ich war schon immer ein Eigenbrötler."

„Schon immer ist lang genug." Sie lächelte ihn an, füllte sein Glas nach. „O.K. Jetzt muss ich los. Abräumen und spülen ist dein Job."

„O.K.", wiederholte er und sah ihr nach, wie sie über die Terrasse verschwand, in einer Hand die Blumentöpfe, mit der anderen winkend.

Am Nachmittag kaufte er Gehacktes für die Katze und beobachtete, wie sie zuerst darüber herfiel, dann aber bald die Lust verlor und das meiste liegen ließ. Kopfschüttelnd streichelte er ihren Rücken, der ihm so mager vorkam, dass er erschrak.

Als sie am übernächsten Tag immer noch nicht richtig fraß, machte er einen Termin bei dem Tierarzt in der Walbecker Heide.

„Stirb nicht!", bat er. Die Katze war in einem Korb auf dem Beifahrersitz und gab ab und zu dunkle Laute von sich. Er antwortete ihr, sagte, dass sie doch alles habe und er doch alles tue, dass er es nicht ertragen könne, sie so zu sehen.

Während der ganzen Fahrt sprach er auf sie ein. „Der Arzt ist nett, du kennst ihn ja, er hilft dir, wirst schon sehen."

Im Wartezimmer war außer ihnen niemand, denn die Sprechstundenzeit war beinahe vorbei. Aus dem Behandlungsraum hörte man hin und wieder ein Winseln, dann öffnete sich die Tür und ein junger Mann mit einem Hund an der Leine kam heraus.

Der Tierarzt begrüßte ihn freundlich. „Ein seltenes Vergnügen", sagte er, denn sonst war Erika immer zu ihm gekommen. Nur einmal war er mitgegangen, als sie wegen einer Handverletzung seine Hilfe gebraucht hatte.

Er stellte den Korb auf den Edelstahltisch in der Mitte des Behandlungszimmers und nahm die Katze heraus. Während er ihr Hinterteil an seinem Bauch spürte, hielt er einen Arm locker um ihre Brust, bereit, sie, wenn nötig, festzuhalten. Aber sie saß einfach da, dem Arzt zugewandt, der sie aufmerksam betrachtete. Er hatte sie geimpft, sterilisiert, entwurmt und entfloht.

„Was fehlt ihr denn?", fragte dieser, ohne den Blick von der Katze zu nehmen.

„Sie frisst fast nicht."

„Seit wann?"

„Schon länger als eine Woche."

Der Arzt öffnete ihre Schnauze, leuchtete in ihren Rachen, besah sich die Zähne, fuhr zwischen Zahnfleisch und Lefzen entlang. Dann stellte er sie hin und fühlte den Bauch ab.

„Die Nieren sind etwas verkalkt, aber das ist für ihr Alter normal." Er wirkte unschlüssig, schien zu überlegen. „Wann hat sie denn die letzte Wurmkur gehabt?" Die Sprechstundenhilfe sah auf die Karteikarte. „Vor ungefähr einem Jahr." „Da ist wieder eine fällig. Aber daran kann es eigentlich nicht liegen."

Der Tierarzt sah ihn plötzlich an, aufmerksam, interessiert. „Hat sie Kummer?"

Das Wort fiel so unerwartet in ihn hinein, dass augenblicklich Tränen in ihm hochschossen. Er bemerkte die Betroffenheit im Gesicht seines Gegenübers, hörte dessen Frage: "Ist etwas mit ihrer Frau?", putzte sich die Nase und nickte.

„Sie ist vor knapp drei Wochen gestorben."

„Mein Gott, das hab ich nicht gewusst. Es stand auch nicht im Stadtanzeiger."

„Wir wohnen nicht mehr hier."

Der Arzt streifte sich den Handschuh ab, reichte ihm über die Katze hinweg die Hand und ließ sie dann auf deren Rücken liegen. „Mein Gott", sagte er noch einmal.

„Wir sind nach Duisburg gezogen. Nach meiner Pensionierung. In die Heimat meiner Frau", fing er unaufgefordert an zu sprechen, während er auf den Rücken der Katze sah, auf deren schwarzem Fell die Hand des Arztes lag.

„Das war immer ihr Herzenswunsch. Sie hat hier den Kanal vermisst, das Leben am Kanal, das sie so liebte." Ihm war, als stünde er unter dem Zwang, entweder zu sprechen oder zu weinen. „Darum hab ich ihr das Haus gekauft, als es möglich war. Mit Garten zum Kanal. Im Spätsommer. Voriges Jahr. Aber dann..."

Die Katastrophe, zu der die größte Liebeserklärung seines Lebens entartet war, kam ihm plötzlich so nahe, dass er schneller sprechen musste.

„Der Kanal kommt manchmal einfach durch den Boden, wenn Hochwasser ist. Eigentlich nicht gefährlich. Mit Stiefeln kann man noch überall hin. Sie hat wohl im hinteren Teil des Gartens nach Blumenerde gesucht. Da ist ein Gartenhäuschen. Sie wollte nämlich Geranien einpflanzen. Und dabei muss sie ausgerutscht sein. Wir haben das nachträglich alles rekonstruiert, meine Tochter und ich. Sie hat sich wohl den Kopf angeschlagen und ist bewusstlos geworden. Als ich sie fand, lag ihr Gesicht halb im Kanalwasser. Sie lebte noch. Zwei Tage Intensivstation. Aber sie ist nicht mehr zu sich gekommen."

„Mein Gott", sagte der Tierarzt erneut und streichelte die Katze. Da klingelte das Telefon, zu dem der Arzt sich umdrehte. „Ja", hörte er ihn sagen, „gleich".

Es war ihm plötzlich sehr peinlich. Die Sprechstundenhilfe war fort. Wie lange mochte er geredet haben?

„Entschuldigung", sagte er, als der Arzt sich wieder umwandte. „Ich stehle ihnen die Zeit."

„Das war nichts Eiliges, es kann warten", meinte dieser. Er strich der Katze über den Kopf. „Du bist traurig", sagte er. Und dann zu ihm gewendet: "Ich spritze ihr ein Aufbaupräparat. Dann kommt der Appetit zurück. Sie hat noch einige Jahre vor sich."

Er fuhr nach Hause, sprach nur wenig mit der Katze im Korb. Spürte die Enge in Hals und Brust besonders deutlich. Kam sich vor, wie nach einer großen Anstrengung.

Angekommen, befreite er sie aus ihrem Gefängnis, tat Futter in ihren Napf und ging die Treppe hoch, um sich hinzulegen. Er war unendlich müde, seine Beine wie Blei.

Als er nach Stunden aufwachte, sah er, dass die Katze sich am Fußende seines Bettes zusammengerollt hatte.

Krepier!

Sie schiebt das Fahrrad den Flur entlang, manövriert es durch die Haustür und fährt zum Bahnhof. Jeden Morgen muss sie vor der Schule das Paket Zeitungen vom Zug holen, das ihre Mutter dann im Laden verkauft. Ihre Mutter steht schon hinter der Theke, um diese Zeit ist bereits geöffnet, weil die Laufkundschaft im Vorbeigehen schnell noch das eine oder andere mitnimmt: Hefte, Radiergummis, Lineale, Bleistifte...

Auf den letzten hundert Metern kommen ihr Menschen entgegen, die gerade mit dem Zug angekommen sind, aus dessen Gepäckwagen sie die Zeitungen in Empfang nehmen wird. Es sind vor allem Schüler und Lehrer, die sich beeilen, um das Gymnasium der Kreisstadt pünktlich zu erreichen. Die Angekommenen werden es gerade noch schaffen, während sie, wie immer, zu spät kommen wird. Mit diesen verdammten Zeitungen am Hals kann sie unmöglich pünktlich sein.

Jeden Morgen ist es ihr peinlich, den Leuten entgegenzufahren; ihre Mathelehrerin ist dabei. Ihre Mathelehrerin sieht meist woanders hin, nicht zu Kathi, die darum den verlegenen Gruß nicht los wird, der sprungbereit auf ihrem Gesicht wartet. Wenn Frau Hörstgens sie ansieht, ihren Gruß entgegennimmt und mit einem lächelnden Nicken beantwortet, weiß Kathi, dass sie eine schlechte Mathearbeit geschrieben hat, die an diesem Tag zurückgegeben wird.

Kathi hasst Frau Hörstgens und wird von ihr zurückgehasst. Es kann auch sein, dass Frau Hörstgens damit angefangen hat und Kathi sie zurückhasst, oder beide gleichzeitig. Wahrscheinlich ist die erste Stunde schuld, in der sie ganz überraschend in die Klasse gekommen war, ihren Namen an die Tafel geschrieben und Kopfrechnen mit ihnen geübt hatte. Kathi mag Kopfrechnen nicht, hatte sich aber Mühe gegeben. So sehr, dass ihr beim Klingelzeichen zum Stundenende ein erlöstes „Gott sei Dank" entfahren war. Sie hatte dabei in Frau Hörstgens kühle Augen gesehen.

„Präzise" war das Lieblingswort der neuen Mathelehrerin, und so war sie auch. Eine präzise Frisur umgab ein präzises Make-up. Die Kleidung war präzise und ihre Bewegungen auch. Präzise sollten die Antworten der Schülerinnen sein und natürlich ihr Benehmen. Kathi ist nicht sehr präzise. Eigentlich ist sie unpräzise. Schon, dass sie morgens knapp fünf Minuten verspätet in die Klasse kommt. Außer Atem, mit geröteten Wangen und heruntergerutschten Strümpfen, ein Ärgernis. Hätten sie in den ersten Unterrichtsstunden der verschiedenen Wochentage verschiedene Lehrer, die vielleicht auch hin und wieder nicht ganz so pünktlich wären, dann würde Kathis regelmäßiges Zuspätkommen vielleicht gar nicht auffallen. Aber sie haben jeden Morgen die erste Stunde bei Frau Hörstgens. Die vom Zug kommt, der die Zeitungen für Kathis Mutter bringt. Die an Kathi vorbeigesehen hat. Die auf die Armbanduhr blickt und sagt: "Acht Uhr und vier Minuten, Katharina ist auch schon da."

„Krepier", denkt Kathi.

Es ist das Wort, das ihr durch den Tag hilft. Noch vor dem Frühstück, gleich nach dem Aufwachen, ist es da. Es stammt aus einem Western, dessen Inhalt sie nicht behalten hat. Nur die Szene, wo der Gute den Bösen ansieht, ruhig und unerschrocken, die Pistole hebt und diesen gemeinen Menschen beseitigt. „Krepier!", sagt der Gute und schießt.

„Krepier!", sagt sie, wenn sie Frau Hörstgens in Gedanken alle Gemeinheiten vorwirft, die diese nicht nur im Fach Mathematik, sondern auch in Handarbeit und Musik verübt. Es ist ihre Beschwörungsformel vom Morgen bis zum Abend. In den Nächten stirbt Frau Hörstgens oder schlägt doch weinend die Hände vors Gesicht, wenn Kathi sie erbarmungslos beschimpft hat.

„Krepier", murmelt sie, als sie mit der üblichen Verspätung die Klassentür öffnet und überrascht feststellt, dass Frau Hörstgens noch nicht da ist.

Sie setzt sich und überlegt nach einer Weile, ob sie sie am Bahnhof gesehen hat, kann sich aber nicht erinnern. Etwas irritiert beteiligt sie sich an den Gesprächen der Mitschülerinnen.

Nach über einer Viertelstunde betritt ein sehr ernster Direktor die Klasse, der in die eingetretene Stille sagt, dass Frau Hörstgens am Morgen verunglückt sei. Ein Verkehrsunfall auf dem Weg zum Bahnhof. Es bestehe Lebensgefahr.

Augenblicklich spürt Kathi, wie ihr Magen rebelliert. Verfolgt vom erschrockenen Schweigen der Anderen rennt sie aus der Klasse, eine Hand auf den Mund gepresst.

Auf den Stufen vorm Haus

Zu jedem Lied, das aus ihrem Recorder kommt, zeigt sie mir mit großen Gesten, was ich machen soll, so ernsthaft, dass ich ihr fraglos gehorche. Arme hoch, Arme runter, umdrehen, hinknien, aufstehen... Dazwischen Gekicher über meine Fehler und Grimassen. Ich finde sie erstaunlich gewandt auf ihren fast dreijährigen Ixbeinen in Stoppersocken, bin überrascht, wie souverän sie die bunten Knöpfe des Geräts bedient. Irgendwann brauche ich eine Pause und setze mich aufs Sofa. Wenig später liegt sie in meinem Arm. Auch die Kassette endet meditativ. „Schlafe, mein Prinzchen, schlaf ein."

Da sitzt augenblicklich das Fräulein in unserer Küche und singt. Ich sitze neben ihr. Der Küchentisch liegt voller Notenblätter. Verstohlen blicke ich zu ihr auf, während ich ihr zuhöre, und bemerke, dass alle Kanten der Kleidungsstücke umnäht sind. Knopflochstich um Kragen und Manschetten der Bluse, um alle Bündchen der Strickjacke, um Schal und Baskenmütze, Ton in Ton. Fasziniert betrachte ich die auf diese Weise haltbar gemachten Enden der Textilien, ahne den Grund, wende mich erneut ihrem Gesang zu. „Schlafe, mein Prinzchen, schlaf ein."

Das Fräulein singt sämtliche Schleifen, aus denen die Melodie besteht, wie die Stimme auf der Kassette. Koloratursopran. „Schlaaf ein, schla-af ein, schlaf ei-ein, schlaf ei-ein, schla-af ein, schla-af ein, schlaf ei-ein, schlaf ein."

Ich lebe mit meiner Mutter bei den Großeltern, oben, in Räumen mit schrägen Wänden. Das Einfamilienhaus liegt am Rand einer niederrheinischen Kleinstadt. Man kann vom Küchenfenster aus einen Fluss sehen, Wiesen, den Anfang eines Wäldchens. Bis zur Evakuierung haben wir im Zentrum des Ortes gewohnt. Ich erinnere mich nur noch bruchstückhaft daran. Als wir nach dem Krieg zurückkamen, war alles zerbombt, auch das Café. Aus den Trümmern zogen wir verformte Kristallschnapsgläser, mattgebrannte Kompottschalen. Und einen vollkommen unversehrten Goldfasan aus buntem Porzellan. Er stand dann auf dem Schrank im Wohnzimmer, und manchmal stellte ich mich vor ihn hin, ließ meine Finger vorsichtig über seine glatte Oberfläche gleiten, über die vielen Ausbuchtungen seiner Federn, und fragte ihn, wie man so was übersteht, unverletzt.

Das Fräulein hatte schon ein paar graue Haare in der locker aufgesteckten Frisur. Ich weiß heute nicht mehr, ob es eine schöne Frau war. Ich erinnere mich vor allem an ihren Gesang oder vielleicht noch mehr an ihre Liebe zum Gesang.

Immer, wenn sie mir ein neues Notenblatt mitbrachte, auf dessen holziges Papier sie mit Bleistift die Noten gemalt hatte, sang sie mir die Melodie vor, mehrmals, damit ich sie mir einprägen konnte. Wenn es keine Worte zu den Noten gab, sang sie auf Ha-Ha. Ich bewunderte sie und flötete - mit ihrer Stimme im Ohr - die mitgebrachten Lieder, Tänze und Menuette vom Blatt. Sie unterrichtete mehrere Kinder der Straße auf unterschiedlichen Instrumenten. Manchmal organisierte sie in der Nachbarschaft einen Musikabend, für den wir wochenlang vorher gemeinsam mit ihr übten. Klavier, Gitarre, mehrere Flöten.

Wenn sie ging, wurde sie unten von meiner Großmutter bezahlt.

An meine Großmutter kann ich nicht denken, ohne dass mich ihr Tod erschreckt. Sie kommt in all den Erinnerungen vor, die mich überfallen, wenn ich mit den Kindern zusammen bin. Und in keiner dieser Erinnerungen komme ich an ihrem Tod vorbei, nicht mal in den schönen. Meist sehe ich sie auf den Stufen vorm Haus. Sie steht sehr gerade, mit großem Busen und breiten Hüften, eine Spur herrisch, vielleicht arrogant. Ihre Augen kann ich nicht erkennen, aber ich weiß ja, wie sie mich angesehen hat.

Kurz nachdem wir bei ihr eingezogen waren, hörte ich zu, wie jemand über sie sprach. Ein Satz prägte sich mir besonders ein: „Sie hat ihren Sohn verloren." Irgendetwas in der Stimme, die diesen Satz sagte, muss so gewesen sein, dass mir schlagartig aufging, welche Katastrophe das für sie bedeutete. Ich las es von da an in ihrem Gesicht. Damals war ich fast sechs und sie war meine erste Liebe.

Sie kochte gern, würzte kräftig, probierte viel und ließ mich, im Gegensatz zu meiner Mutter, an den entstehenden Genüssen teilhaben. So stand ich, wenn sie Fleisch im Topf hatte, auf einem Fußbänkchen vor dem Herd und durfte mit einem Finger über die würzige Kruste des heißen Bratens streichen, um danach den Bratensaft vom Finger zu lecken. Ich beeilte mich, denn es kam mir darauf an, die Prozedur trotz des aufsteigenden Schwadens möglichst oft zu wiederholen, bis sie mich zur Ordnung rief und auf den Küchenboden stellte, während ich mich bemühte, den köstlichen Geschmack möglichst lange im Mund zu bewahren.

Ihre Küche war ein anziehender Ort mit einem riesigen Tisch in der Mitte, auf dem, je nach Jahreszeit, Berge von Obst oder Gemüse auf ihre Verarbeitung warteten. Ich half ihr dabei, lernte Bohnen schnibbeln, Kirschen entkernen, Pflaumen einschneiden, und genoss das Zusammensein mit ihr.

Bei meiner Mutter drückte ich mich vor der Hausarbeit, wurde ausgeschimpft, floh nach unten. Sie wehrte sich mit einer unfehlbaren Strategie: Wenn ich ihr zu entwischen drohte, sagte sie so traurig wie möglich: "Lass deine Mutter nur im Stich", was mir das Herz umdrehte und mich auf der oberen Etage festnagelte.

Großvater hat sie gefunden. „Als hätte sie einen schönen Traum", sagte er, wenn ich ihn fragte, wie sie ausgesehen habe. Jedes Mal nahm er dann meine Hand und hielt sie eine Weile in seiner.

Wenn die Ältere Fahrrad fährt, sehe ich oft sein Fahrrad vor mir. Manchmal kommt er dann und steigt auf. Dabei hilft ihm ein Eisenpinn, der etliche Zentimeter weit aus der Achse des Hinterrads heraussteht. Er tritt mit dem linken Fuß darauf und schwingt das rechte Bein über Sattel und Gepäckträger. Es sieht beinahe elegant aus.

Das Fahrrad meiner Enkelin erfüllt alle heißen Wünsche, mit denen ich als Kind dem Christkind erfolglos in den Ohren gelegen habe. Zuerst mal hat es die richtige Größe. Außerdem sieht es in seinem gelben und schwarzen Lack wunderschön aus. Dann hat es eine laute Klingel mit Bildchen drauf, einen funktionierenden Gepäckträger und zu allem Überfluss noch ein Körbchen für die Puppe am Lenker, von der Fahne an der verstellbaren Stange ganz zu schweigen.

Ich lernte auf Großvaters Rad, weil wir sonst keins hatten. Es war groß und schwer und hatte, wie alle Herrenräder, eine Stange. Man musste das Ungetüm erst mal gerade halten, dann die linke Pedale nach unten bringen, den linken Fuß darauf stellen und mit dem rechten abstoßen, möglichst schnell, damit das Rad in Fahrt kam. Bei dieser rollerähnlichen Benutzung konnte man üben, das Gleichgewicht zu halten und musste dann, im passenden Moment, blitzschnell das rechte Bein schräg unter der Stange durch auf die rechte Pedale stellen und treten, immer weiter, bis das Rad sich an den hinkenden Jockey gewöhnt hatte und umgekehrt. Es war damals nichts Besonderes, immer wieder begegnete man Kindern, die auf diese Weise Fahrrad fuhren.

Großvater war ein ruhiger Mann, geduldig und freundlich. Von einer lebensgefährlichen Rippenfellentzündung in jungen Jahren war ihm ein leichter Buckel zurückgeblieben. Als Konditor hatte er ein Cafe geführt und es kurz vor Kriegsbeginn an seinen Sohn und dessen Frau übergeben. In dem Reihenhaus, das er als Alterssitz für sich und Großmutter gebaut hatte, grub er den Garten um, sorgsam nach weißen Wurzeln suchend, und setzte Vergissmeinnicht rund um die Beete. Manchmal durfte ich mit ihm zum Angeln fahren. Dann saß ich nicht auf dem Gepäckträger, wie bei meiner Mutter, sondern mit einem Kissen unterm Po vorn auf der Stange. Das war viel interessanter. Ich hielt die Angel vor uns her auf unsrer Fahrt über die Feldwege zu einem alten Rheinarm oder einer der Torfkuhlen, die es in der Umgebung gab. Die Stunden am Wasser waren langweilig und spannend zugleich. Mit gemischten Gefühlen sah ich den wenigen zappelnden Fischen zu, die wir an der Angel hatten und die Großvater ausnahmslos wegen Unerheblichkeit zurück ins Wasser warf, damit sie weiter wachsen konnten.

So freundlich mein Großvater war und so harmlos der Eindruck, den er machte, hatte er bei der Musterung im ersten Weltkrieg doch bewusst den Arzt getäuscht: Als früher Gebissträger war er ohne Zähne erschienen, hatte seinen Rücken krummer gemacht, als er war, und sich halb taub gestellt. So blieb er als Ältester von zehn Kindern seiner Familie erhalten. Er konnte zu der Zeit nicht vorhersehen, dass sein Sohn sich später schämen würde, weil sein Vater keine Kriegsabenteuer zu erzählen hatte wie die Väter seiner Freunde. Konnte nicht ahnen, dass er infolgedessen als Freiwilliger in den zweiten Weltkrieg ziehen würde, damit wiederum sein Sohn einmal stolz auf ihn sein konnte.

„Kanonenfutter", nannte es meine Mutter. Er hat seine Tochter nie gesehen.

Ganz verstehe ich nicht, warum beide Mädchen so hinter Süßigkeiten her sind. Sie können einfach nicht genug davon bekommen. Dass sie Eis und Schokolade lieben, Gummibärchen und Brausetabletten, begreife ich ja noch. Aber dass sie mit verklärten Augen auf komischen Quabbeldingern rumkauen, die es gegenüber am Büdchen gibt, macht mich ganz hilflos.

Die Knusperhäuschen, die ich zu Weihnachten bekam, als die Konditorei provisorisch wieder geöffnet hatte, standen beinahe unversehrt bis Ostern herum, und dann schmeckten sie nicht mehr.

Alle sagten, andere Kinder würden sich die Finger danach lecken, und waren unzufrieden mit mir.

Aber ich wollte nichts aus der Konditorei. Ich mochte den Verkaufsraum nicht, zu dem man über ein glattgewalztes Trümmerfeld ging und in dem außer einer Theke auch Tische und Stühle aufgestellt waren. Ich fand die halb kaputte Wand doof, an der in großen, weißen Buchstaben „Konditorei-Café Meurer" stand. Manchmal bediente meine Großmutter die Leute dort. Nirgendwo sonst war ihr Gesicht so traurig. Ich wusste, dass es mit ihrem Sohn zu tun haben musste, der mein Vater war und den ich nicht sonderlich vermisste. Ich sollte ihm gleichen, aber wenn ich Fotos von ihm ansah, fand ich ihn nicht sehr schön, ich hätte lieber meiner Mutter geglichen, die blaue Augen hatte und Grübchen in den Wangen.

Ich sitze gern mit den Kindern auf den zwei Stufen vor deren Haus. Man kann es sich dort gemütlich machen. Manchmal veranstalten wir ein Picknick. Die Kinder nehmen ihre Puppen und Puppenwagen mit hinunter, Kissen, und was sie sonst noch brauchen. Ich kümmere mich um Getränke und etwas zu essen. Dann breiten wir alles aus. In der Mitte muss Platz bleiben, weil noch andere Leute im Haus wohnen, die hin und wieder herein oder hinaus wollen. Die Stufen sind breit und enden auf einem Plattenweg, der durch den Vorgarten führt. Zum Gehweg hin wird er durch ein abgerundetes Mäuerchen begrenzt. Die Jüngere turnt gern darauf herum.

Die Straße liegt am Rand einer Ruhrgebietsstadt und hat gerade so viel Verkehr, dass es immer etwas zu sehen gibt. Die Fußgänger blicken zu uns herüber, manche lächeln uns an, hin und wieder bleibt einer stehen und redet ein paar Sätze mit uns, vor allem ältere Leute oder wenn Kinder dabei sind. Irgendwann kommt meine Tochter von der Arbeit und nach Umarmungen und Küsschen packen wir alles zusammen und gehen gemeinsam hoch.

Vor dem Haus meiner Großeltern gab es mehr Stufen. Vielleicht hätte sie überlebt, wenn es nicht vier oder sogar fünf gewesen wären. Der Plattenweg zur Straße war ebenfalls länger. Ich hab' auch nicht auf der Treppe gespielt, als ich mit den anderen Kindern der Straße ungefähr auf halber Höhe saß. Wir machten zufällig vor unserer Haustür Pause, waren müde und schweigsam, mitten an einem langen Spielnachmittag im Hochsommer. Es war sehr heiß. Wahrscheinlich standen im Haus die Türen offen. Stimmen waren zu hören, die schnell lauter wurden, Frauenstimmen, schrill und böse. Meine Mutter und meine Großmutter schrieen sich an! Unwillkürlich lauschten wir alle. Vor Scham verstand ich nichts, obwohl die Worte aus allen Ritzen zu kommen schienen.

Nur weg! Ich stand hölzern auf und ging zu den Kaninchenställen hinten im Garten, hoffend, die anderen würden mir folgen, was sie auch taten.

Am Abend fragte ich. Nach der ersten Überraschung stellte sich bei meiner Mutter Erleichterung ein. Endlich konnte sie mir sagen, worum es ging. Es ging um mein Erbe. Sie sprach und sprach. Es hatte mit meinem Vater zu tun, mit der Konditorei, mit meinen Großeltern. "Sie wollen dir dein Erbe vorenthalten!"

Meine Großmutter dagegen schwieg lange, nachdem ich sie gefragt hatte. Dann bekamen ihre Augen den Ausdruck, der mich immer zum Schweigen brachte. "Das verstehst du nicht", sagte sie.

Manchmal zanken sich Geschwister. Unsere beiden schlagen sich, ziehen sich an den Haaren, zetern und schreien. Später vertragen sie sich wieder. Wir Erwachsenen greifen hin und wieder ein und achten vor allem darauf, dass ein paar Regeln eingehalten werden, die wahrscheinlich seit Generationen in Umlauf sind. Eine davon heißt: Beißen und Kratzen ist verboten! Die Große hält sich meist daran, während die Fingernägel der Kleinen manchmal noch Spuren auf Armen und Beinen ihrer Schwester hinterlassen. Die

Abdrücke der Zähne kommen mittlerweile nicht mehr vor. Und blutig haben sie sich nie gebissen.

Blut kam aus der Wunde auf dem Handrücken meiner Mutter, die ich begutachten sollte, als ich nach der Schule die Treppe zur ersten Etage hochstieg, an deren Ende sie mich erwartete.

„Deine Großmutter hat mich gebissen!"

Verständnislos sah ich auf die etwa zwei Zentimeter breite rote Stelle, die sie mir entgegen hielt. In ihrer Stimme schwang Triumph mit, als sie mir erzählte, meine Großmutter habe das Seidentuch stehlen wollen, das mein Vater meiner Mutter aus dem Krieg geschickt hatte, eins seiner letzten Geschenke. Aus Danzig. Ich sah ein Foto vor mir, das meinen Vater in Danzig zeigte: sehr klein, in Uniform vor dem Stadttor. Aus Danzig hatte er ihr auch eine Bernsteinkette geschenkt, die sie an Festtagen trug. Das Tuch, um das es ging, hatte helle und dunkle bernsteinfarbene Flächen, zwischen denen der schwarze Untergrund hervorsah, der das quadratische Stück Seide auf allen vier Seiten mit einem breiten Rand umgab. Es lag normalerweise zum Dreieck gefaltet auf dem kleinen Schrank in der Diele und wurde nicht benutzt.

„Sie hat behauptet, es gehöre ihr, aber das lasse ich mir nicht gefallen!"

Ich ging an meiner Mutter vorbei, ließ den Tornister auf den Boden fallen und hörte ihr zu, ohne sie anzusehen.

„Sie stand hier oben, mit dem Rücken zur Treppe, wir zogen beide daran. Wenn ich losgelassen hätte, wäre sie jetzt tot."

Ich schloss mich im Bad ein und setzte mich auf den Klodeckel. Das tat ich manchmal, wenn ich ungestört nachdenken wollte. Aber mir fiel nichts dazu ein, außer dass sie sich wie ungezogene Kinder benahmen.

Hin und wieder spielen wir ein Spiel, bei dem es ums Flüstern und Lauschen geht. Eins der Mädchen flüstert mir leise etwas ins Ohr, was das andere dann durch mein Verhalten erraten muss. Immer abwechselnd. Dabei gibt es meist viel zu lachen, es kann aber auch Komplikationen geben. Denn das Flüstern muss gelernt sein. Die Kleine spricht entweder so leise, dass ich beim besten Willen nichts verstehe, oder so laut, dass man alles mitkriegt. Dann geht die Große freiwillig aus dem Zimmer und wir rufen ihr nach: „Nicht lauschen!", was sie natürlich trotzdem tut. Manchmal sehe ich ihre zum Schlüsselloch gebückte Silhouette hinter dem Milchglas der Türe, während ich versuche, die Flüsterversuche der Kleinen zu verstehen und gleichzeitig meiner Mutter zusehe, wie sie in der Küche auf dem Boden hockt, das Ohr am Gitter der Luftheizung.

Das Haus meiner Großeltern hatte eine Kokszentralheizung, die von der Diele aus befeuert wurde, im Wohnzimmer der Großeltern einen Kachelofen wärmte und gleichzeitig die warme Luft in die Räume der oberen Etage schickte.

Meine Mutter schämte sich nicht vor mir, wenn sie mit verrenkten Armen und Beinen versuchte, eins ihrer Ohren möglichst dicht an das schwarze Gitter kurz über dem Fußboden zu halten. Sie benahm sich, als sei es die selbstverständlichste Sache der Welt, wichtige Informationen auf jede mögliche Weise zu beschaffen, wenn nötig, eben durch Lauschen. Immerhin ging es um mein Erbe, um Geld und Besitz. Mir war ihr Verhalten peinlich, ich fand, es geschah ihr Recht, als sie durch die ausströmende warme Luft eine Bindehautentzündung bekam.

Die Kleine hat schnell Fieber. Hin und wieder gehe ich dann mit ihr zum Kinderarzt. Jedes Mal bin ich überrascht, wie selbstverständlich sie sich untersuchen lässt, während ich sie auf dem Schoß halte. Der Kinderarzt horcht zuerst von vorne Bronchien und Lunge ab, dann von hinten. Dazu steht sie auf meinen Oberschenkeln und atmet tief. Ihrem ernsthaften Gesichtchen sieht man an, dass sie sich auf das kalte Stethoskop in ihrem Rücken konzentriert.

Ich hielt die Luft an, während sich die Platten des Durchleuchtungsapparates von vorne und von hinten meinem nackten Oberkörper näherten. Der Raum war nur spärlich beleuchtet. Meine Mutter sprach mit dem Arzt. Ich hatte Schatten auf der Lunge, weswegen ich alle Vierteljahre durchleuchtet werden musste und meine Mutter mich mit Lebertran fütterte, dem Endprodukt eines komplizierten Tauschweges. Dank eines riesigen Kuvertüreblocks, den meine Mutter über den Krieg hinweg gerettet hatte, und aus dem sie eine Art Pralinen herstellte, fehlte es uns an nichts. Auch der Schatten wurde am Ende von den Pralinen besiegt.

Sonst war ich nicht oft krank.

Nur einmal muss ich wochenlang mit hohem Fieber im Bett gelegen haben. Ich erinnere mich vage, dass alle Geräusche übertrieben laut in meinem Kopf dröhnten. Nachts sprangen Löwen und Tiger auf mein Bett und wollten mich fressen. Der Arzt kam jeden Tag, wusste aber nicht so recht, was ich hatte. Ich schnappte das Wort Gehirnhautentzündung auf und schloss aus dem darauf folgenden Schweigen, dass es etwas Schlimmes war. Als ich endlich mit Puddingbeinen durch die Wohnung gehen durfte, sagte mir meine Mutter, es sei nur ein Nervenfieber gewesen. Sie klärte mich auch darüber auf, dass meine Großmutter sich gefreut hätte, wenn ich gestorben wäre, weil sie meine Mutter dann loswürde. Ich glaubte ihr nicht.

Als ich zum ersten Mal wieder nach unten durfte, stellte meine Großmutter das Fußbänkchen vor den Kachelofen, damit ich mir im Sitzen den Rücken wärmen konnte. Ich spürte die Hitze der glatten Kacheln durch den Pullover und ein seliges Glühen breitete sich in mir aus. Meine Großeltern saßen am Wohnzimmertisch, der mit Briefen und Papieren bedeckt war. Wir schwiegen eine Weile, in der ich mich in das bunte Muster des Teppichs vertiefte, auf dem Girlanden und Elefanten sich umschlangen. Als ich aufblickte, sah ich in Großmutters traurige Augen. „Du kannst hier bleiben", sagte sie, „aber deine Mutter muss ausziehen." Mein Großvater nahm die Pfeife aus dem Mund. „Wat sachste denn da, Kätschen!" rief er sie zur Ordnung und lächelte mich an.

Ich saß später lange auf dem Klodeckel und dachte darüber nach, wie sie sich das wohl vorstellte.

Vor einigen Tagen kam uns ein Leichenwagen entgegen, als ich mit beiden Enkelinnen vom Spielplatz kam. Sofort wurden meine Knie weich. Das schwarze Auto war mir schon lange nicht mehr aufgefallen, geschweige denn so nahe gekommen. Meine Enkelkinder verbinden mit dem Gefährt nichts, obwohl sie wissen, dass Menschen sterben.

Der Tod einer alten Frau aus dem Haus hat vor allem der Großen längere Zeit Angst gemacht. Die Kleine sagt seitdem manchmal zu mir, dass ich sterben muss, wenn ich alt bin. „Aber jetzt bist du ja noch nicht alt", fügt sie jedes Mal hinzu und sieht zweifelnd auf meine grauen Haare. Ich bestätige ihr, dass ich noch lange nicht richtig alt bin.

Auch meine Großmutter war noch nicht richtig alt, als sie eines Tages tot auf den Stufen vorm Haus lag. Sie muss rückwärts die Steintreppe heruntergefallen sein. Schädelbruch, sagte der Arzt. Als ich aus der Schule kam, war sie schon nicht mehr da. Nachträglich erschrak ich, als mir aufging, dass sie in dem Leichenwagen gelegen hatte, der mir vor der großen Kurve am Anfang unserer Straße begegnet war.

In der Zeit danach fiel mir auf, wie viele Leichenwagen herumfuhren. In jedem lag meine Großmutter mit geschlossenen Augen, das ondulierte Haar blutverschmiert.

Ich habe immer wieder von ihr geträumt. Jedes Mal hatte sie das Seidentuch in der Hand, das seit ihrem Tod verschwunden war.

Ich konnte deutlich die bernsteinfarbenen Flächen und den schwarzen Trauerrand erkennen.

Der Kerzenständerengel

Sie ist eingeschlafen. Mit ausgestreckten Armen liegt sie auf dem Rücken, die Hände locker zu Fäusten geballt. Der Schnuller ist herausgefallen und hat einen Abdruck hinterlassen, eine geschwungene, rosa Linie um den Mund herum.

'Pappnase' wird ihr erstes Enkelkind genannt, obwohl es drei durchaus hörenswerte weibliche Vornamen hat. Merkwürdig, dass ein solches Wort so viel Zärtlichkeit ausdrücken kann.

Katharina geht leise aus dem Zimmer, lehnt die Türe an und legt auf dem Sofa nebenan die Beine hoch. Wegen Pappnase, auf die sie einen Tag in der Woche aufpasst, ist die Wohnung umgeräumt worden. Seit dem letzten Mal ist alles vom Boden verschwunden, was einem Krabbelkind gefährlich werden könnte. Der Raum sieht dadurch verändert aus.

Sie sieht sich um. Ihr Blick bleibt an einer weißen Porzellanfigur hängen, die oben auf einem der beiden großen, schwarzen Lautsprecher steht. Eine schrille, neue Kombination, die ihr gefällt. Es ist ein nackter, pausbäckiger Engel, der mit etwas verdrehten Armen eine Girlande trägt, auf deren Enden Kerzen stecken. Woher kennt sie die kitschige Puttenfigur? Während sie genauer hinsieht, kommt langsam die Erinnerung. Es ist der Kerzenständerengel aus der Wohnung ihrer Mutter! Sie steht auf und dreht die Figur vorsichtig um. Im selben Moment ist die Vergangenheit wieder da:

"Dann kann ich dich nicht lossprechen von deinen Sünden", sagt der Priester durch das Gitter, „gelobt sei Jesus Christus".

„In Ewigkeit Amen", antwortet sie und steht von der Kniebank des Beichtstuhls auf. Steifbeinig geht sie an der Reihe von Kindern entlang, die noch auf ihre Beichte warten. Weiter hinten, neben der Freundin, verrichtet sie kniend zum Schein ein Gebet. Damit ist das Ritual erfüllt. Jede Beichte schließt mit dem Bußgebet in der Bank.

Dass ihre Beichte gar keine gewesen ist, kann sie sogar Irmgard nicht verraten.

Der Priester war diesmal aufmerksam geworden, statt der Sündenvergebung hatte sich die seit Wochen befürchtete Katastrophe eingestellt. Und das, obwohl sie die Unglückszahl dreizehn überschlagen hatte.

„Was hast du gesagt?"

14 Gottesraube."

„Weißt du denn, was ein Gottesraub ist?"

„Ja."

„Was denn?"

„Ein Gottesraub ist, wenn man im Zustand der Todsünde die Heilige Kommunion empfängt." Sie hatte in der Schule aufgepasst und sie war fast ununterbrochen im Zustand der Todsünde, das wusste sie genau. Auch wenn sie sich noch so viel Mühe gab, die unkeuschen Gedanken zu vertreiben, es gelang ihr nicht. Nicht mal von der Beichte am Samstag bis zur Messe am Sonntagmorgen. Dabei hatte sie extra die geschnitzte Muttergottes mit dem nackten Jesuskind von der Wand genommen und den Kerzenständerengel umgedreht. Es hatte nichts genützt. Aber zur Kommunion war sie trotzdem jedes Mal gegangen.

Mit angehaltenem Atem war ihr klar geworden, dass sie die Absolution nicht bekommen würde, wenn er nach den Regeln vorging. Sie wusste, dass ein normaler Priester in einer normalen Beichte für einen Gottesraub die Vergebung nicht aussprechen durfte. Wer da zuständig war, wusste sie nicht, vielleicht der Bischof oder sogar der Papst.

Darum hatte sie seit Wochen beim samstäglichen Sündenaufsagen die Stelle mit den Gottesrauben so undeutlich genuschelt wie möglich, damit der Geistliche nicht verstand, was sie sagte. Und jedes Mal hatte sie auch prompt die Lossprechung bekommen und war frei gewesen, bis alles wieder von neuem losgegangen war. Die nicht vergebbaren Gottesraube hatte sie einfach von Beichte zu Beichte addiert.

Katharina steht vor dem Lautsprecher und sieht durch den Kerzenständerengel hindurch das dunkelbraune Gitter aus diagonalen Holzleisten, spürt ein Gefühl der Beklemmung aufsteigen.

"War denn deine erste Heilige Kommunion auch ein Gottesraub?"

Sie war sich nicht sicher gewesen, aber es konnte sein. Am Tag der Kommunionkinderbeichte war es ihr in den Stunden bis zum Abend gelungen, immer nur geradeaus zu leben. Kein Schielen auf die Hose des Jungen, der ihr auf dem Fahrrad entgegengekommen war. Zu Hause hatte sie vorgesorgt. Die Hinterbacken des Kerzenständerengels und die kahle Stelle an der Wand signalisierten Erleichterung.

Nach dem Abendbrot hatte die Mutter sie abgeseift und in der Wanne stehend, war plötzlich die Angst vor der Todsünde wieder da gewesen, hatte sie still und verschlossen gemacht.

Erst nach einem langen Gespräch mit Gott war sie dann einigermaßen beruhigt eingeschlafen.

Am nächsten Morgen hatte sie schlaftrunken den Wecker abgestellt und ein Bonbon in den Mund gesteckt, das daneben lag. Langsam hatte sich mit dem Erwachen die Bedeutung des Tages vor ihr ausgebreitet und plötzlich war ihr bewusst geworden, dass sie ein Bonbon lutschte. Entsetzt hatte sie das glitschige Ding aus dem Mund gespuckt und gleichzeitig gespürt, wie der süße Speichel ihr die Kehle hinunterlief. Jesus sollte mit einem leeren Magen empfangen werden. Was jetzt? Sie beleidigte ihn gleich beim ersten Mal. Aufrecht im Bett sitzend, hatte sie den Hausgiebel angestarrt, den sie von dort aus sehen konnte. Vor der Messe noch beichten! Wie sollte sie das anstellen? Was sollte sie zu Hause sagen? Und würde der Priester dazu bereit sein? Es ging nicht.

Sie musste es Gott erklären. Er würde es verstehen.

Sie war dann sehr still gewesen beim Anziehen und auf dem Weg zur Kirche, konzentriert auf das Gespräch in ihrem Innern. Den Einzug in die Kirche hatte sie nur verschwommen wahrgenommen. Aber als der Priester ihr die Hostie in den Mund gelegt hatte, war alles gut und Gott ganz nah gewesen. Beim Dankgebet in der Bank hatte sie im Wald gestanden und Glühwürmchen gesehen, eine Eins im Aufsatz zurückbekommen, mit Katzenjungen gespielt.

Übrig geblieben war eine Wärme, die sie tagelang begleitet hatte. Mit der Zeit war dann alles wieder normal geworden und auch die Angst vor Todsünden und Gottesrauben zurückgekehrt.

Vor dem Gitter des Beichtstuhls hatte sie den Grad ihrer Unwürdigkeit nicht definieren können, vorsichtshalber aber das Schlimmste angenommen.

"Ja, auch meine erste Heilige Kommunion".

Der Geistliche hatte keine Fragen mehr gestellt, auch kein Bußgebet aufgegeben.

Katharina dreht den Kerzenständerengel wieder um, so dass seine glänzend weiße Vorderseite mit einem winzig kleinen Penis zu sehen ist, und schüttelt den Kopf. Sie setzt sich aufs Sofa zurück, aber die Szene von damals lässt sie nicht los.

Nicht mal ein Bußgebet, war es ihr im Kopf herumgegangen.

Vergebung - Buße, keine Vergebung - keine Buße. Eine einfache Rechnung, aber ziemlich dumm, denn die großen Sünder müssten doch besonders viel Buße tun. Sie jedenfalls wäre dazu bereit gewesen.

Eigentlich konnte es nicht sein, dass Gott ihr nicht verzieh, wo sie doch dauernd mit ihm sprach und irgendwie fühlte, dass er sie verstand. Die Frage war nur, ob er sich an das hielt, was die Priester entschieden.

Am Abend hatte sie blass und an den Zöpfen kauend am Tisch gesessen und keinen Hunger gehabt. Die Mutter war besorgt gewesen, hatte ihre Hand auf Katharinas Stirn gelegt und dann Fragen gestellt, bis ihre Tochter beschämt und stockend von der verpatzten Beichte und all den schrecklichen Dingen erzählt hatte, die damit zusammen hingen.

Mit dem Mut der Verzweiflung war Katharina am nächsten Samstag dem Rat der Mutter gefolgt und hatte in einem anderen Beichtstuhl vor einem anderen Priester alle Stationen ihrer Verstrickung ausgebreitet, sogar die Lüge wegen der Unglückszahl dreizehn. Die Antwort aus dem Gitter kann sie heute noch hören: "Was auch immer war, Gott vergibt dir alle deine Sünden."

Sie hatte sich nicht in die Bank knien können nach beendeter Zeremonie, musste sofort losrennen, rannte den ganzen Weg, das Bußgebet in ständiger Wiederholung auf den Lippen.

So war ihre Welt wieder in Ordnung gekommen.

Die kleine Pappnase lebt in einer anderen Welt. Katharina ist froh, dass ihr die Angst vor dem nackten Kerzenständerengel erspart bleiben wird, und vielleicht auch die Angst vor Gott.

Meertage

1

Durch das geöffnete Fenster dringt Möwengeschrei, während Katharina konzentriert über die Bretter im Sand fährt. Auf den Nebenwegen des Campingplatzes muss man in der Spur bleiben, um nicht im Sand zu versinken. Auch darum liebt sie den kleinen Platz, vor allem aber, weil die Möwen gleich nebenan hausen, auf der Insel im Dünensee.

Sie erreicht den Weg mit Muschelsplitt, auf dem sich leicht fahren lässt. Ein letztes Mal horcht sie auf das klagende Schreien, atmet den Geruch von Salz und Tang, dann dreht sie das Fenster hoch und biegt landeinwärts in die Küstenstraße.

Nach diesen drei Tagen am Meer muss sie nur die Augen schließen und an die Wüstenlandschaft der Dünen denken, an das vom Wasser gespiegelte Licht, um alles wieder vor sich zu haben.

Er hat das Meer nie gesehen, das sie ihm so gern gezeigt hätte. Natürlich war ihr immer klar gewesen, dass sie nicht gemeinsam dorthin fahren würden, nicht für einen Tag, dazu war er zu feige. Trotzdem hat sie sich oft vorgestellt, mit ihm an der Brandung entlang zu laufen, auf den Dünen zu sitzen und aufs Wasser zu schauen. Aber sie waren sich nur noch selten begegnet, nachdem Katharina seine Klostergemeinde verlassen hatte. Ihr war der Kirchenglaube abhanden gekommen. Es gab keine Theologie mehr, die sie hätte verbinden können, keine gemeinsamen Gottesdienste und Gebete mehr. Nur Erinnerung, Schmerz, Zorn und Liebe waren übrig geblieben, Schätze, mit denen sie nicht umgehen konnten.

Wahrscheinlich ist er jetzt irgendwo angekommen, wo er alle Strände der Welt auf einmal hat, sich frei in Raum und Zeit bewegt, auch ihre Gedanken und Gefühle offen vor ihm liegen.

Katharina gefällt die Vorstellung. Seit sie nach seiner Beerdigung zum Meer gefahren ist, hat sie ihm viel erzählt, was sie dem lebenden Pater Benno nicht hätte erzählen können. Geduzt hat sie ihn, Tote können sich nicht wehren. So lange er lebte, wollte er kein „Du". Dabei hätte es viel besser zu ihrer Beziehung gepasst, findet sie. Aber er brauchte Distanz, und sie ließ sich auf Abstand halten.

Im gleichen Herbstlicht, das jetzt Sonnenflecken auf die Straße malt, hat sie vor wenigen Tagen im Klostergarten gestanden und verwundert festgestellt, dass sein Tod sie nicht traurig macht. Sie hat sich Astern und Goldrute reichen lassen, sie auf den Sarg geworfen und ruhig zugesehen, wie sie mit den anderen Blumen einen Teppich aus Gelb und Lila bildeten. Um das Grab herum standen unter den Trauergästen die letzten Klosterbrüder. Sie sah in die alten Gesichter, Pater Arnulf nickte ihr zu. Pater Leo wischte sich immer wieder mit dem Kuttenärmel über die Augen. Er war für den Garten verantwortlich, hatte die Blumen geschnitten, die er jetzt den Menschen gab, die vor dem Sarg von Pater Benno Abschied nahmen.

Katharina schaltet auf den zweiten Gang zurück, weil sie auf dem Weg zur Autobahn durch ein Dorf und um Ecken fahren muss. Im zweiten Gang hat das Auto ein Geräusch, das sie irritiert und von dem sie hofft, dass es ein Resonanzgeräusch ist. Der Bus ist schon alt, er gehört ihr nicht, aber sie kann ihn jederzeit leihen.

„Wenn du mal wieder zum Meer willst", hat Birgit nach dem ersten Mal gesagt und ihr den Schlüssel in die Hand gedrückt. Birgit, ihre praktische Freundin, ist sozusagen die Initiatorin all der Fahrten, die Katharina zu dieser Stelle an der holländischen Küste gemacht hat. Birgit hat damals den Bus geholt, das Nötigste hineingepackt und die Fahrtroute in die Landkarte eingetragen, weil sie nicht mehr mit ansehen konnte, wie schlecht es Katharina ging.

Nach diesem anderen Tod, der ihr Leben zum Einsturz gebracht hatte. Das ist fast zwanzig Jahre her. Birgit hat sich damals auch um die Kinder gekümmert.

Das Schlimmste war für Katharina gewesen, dass sie sich nicht mehr erinnern konnte, wie sie sich am letzten Morgen von Bernd verabschiedet hatte. Worüber sie gesprochen hatten. Immer und immer wieder suchte sie nach Anhaltspunkten, vergegenwärtigte sich ihre kleinen morgendlichen Rituale. Keine Erinnerung blitzte in ihr auf. So gedankenlos hatte sie Abschied genommen. Gott hätte sie aufmerksam machen müssen, vorwarnen irgendwie. Es war unfair, so verdammt unfair!

Deshalb war sie auch zu Pater Benno gegangen, weil sie alleine mit den Fragen nach Gott und seinem Willen nicht klargekommen war.

Als sie sich zum ersten Mal gegenübersaßen, sah sie in seinen Augen wache Anteilnahme. Er war nicht salbungsvoll, dann hätte sie sich nach zwei Minuten verabschiedet und wäre nie wieder gekommen. Das war ihr fester Vorsatz gewesen nach den Erfahrungen mit ihrer überaus katholischen Familie, in der es von Priestern und Nonnen wimmelte, die auf Katharina so kitschig wirkten wie die Heiligenbildchen in ihren Briefen.

Dieser Priestermönch war anders. Langes Gesicht mit aufgeworfenem Kinn, großem Mund, kühlen Augen hinter der Brille und einem Lockenkranz um die Glatze, sozusagen eine natürliche Tonsur. Groß und dünn saß er wartend an dem Schreibtisch, der den kahlen Raum teilte. Er ließ ihr Zeit, nickte hin und wieder und bot ihr zum Schluss einen eigenartigen Gedanken an. Man könne sein Leiden für andere fruchtbar machen, das sei eine Form der Liebe. Sie hatte schweigend in die aufmerksamen Augen gesehen und ihm seine Sätze geglaubt. Verstanden hatte sie nicht. Dann war sie ans Meer gefahren.

Am Strand ging ein scharfer Wind, der ihr Tränen in die Augen trieb und die Wimpern mit Sand verklebte. Mit zugekniffenen Lidern war sie gegen den Sandwind gelaufen, frierend in der Sonne, weiter und weiter, bis sie aufgegeben und sich einfach auf den Rücken gelegt hatte, die Arme am Körper. Keine Kraft mehr zu kämpfen, gegen den Wind, die Erinnerungen, die Verzweiflung, die Tränen. In der plötzlichen Stille des Windschattens hatte sie mit geschlossenen Augen dagelegen und gespürt, wie der Sand leise auf sie rieselte. In sanften Wellen schüttete er sie zu wie die Frauen in der Ballade, die barfuß und gebückt in ihren schwarzen Kleidern mit der Düne gesprochen hatten, in eindringlichen, vernünftigen Worten. Und die Düne hatte sie verstanden. Sie kam und deckte sie zu.

Damals war Bernds Tod noch keine fünfzig Tage her gewesen. ‚Tragischer Unfall durch Toten Winkel', stand in der Zeitung. Ein LKW- Fahrer hatte sein Auto übersehen.

Irgendwann war sie aufgestanden und hatte weitergelebt. Die Nähe ihrer Kinder gesucht, von denen der achtjährige Peter jedes Mal merkte, wenn sie geweint hatte. Die sechsjährige Bea lebte intensiv in ihrer eigenen Welt, redete mit ihren Puppen, spielte Beerdigung. Sie sprachen viel von Bernd, beim Abendgebet sprachen sie zu ihm. Dann lag sie, in jedem Arm ein Kind, auf Peters Bett oben unterm Dach und schaute mit ihnen die Wolken an, die durch den Teil des Fensters zogen, den die Buche noch nicht erobert hatte.

Spätabends las sie Gedichte. ‚Herr, schicke, was du willst, ein Liebes oder Leides, ich bin vergnügt, dass beides aus deinen Händen quillt.' Doch was Mörike in der ersten Strophe sagt, nimmt er in der zweiten voll Angst zurück: ‚Wollest mit Freuden, wollest mit Leiden mich nicht überschütten! Doch in der Mitten liegt holdes Bescheiden.'

Warum hatte Gott sie überschüttet? Verbarg sich hinter ihrem Leid ein Sinn?

„Du musst zugeben, dass an deiner kirchlichen Verkündigung so einiges faul war. Wie froh ist die Botschaft, wenn Gott der Urheber von

Schicksalsschlägen ist? Da haben es die Atheisten doch besser. Für sie gibt es keinen Gott, also kann er ihnen auch nichts tun. Sie glauben nicht an ein Leben nach dem Tod, also kann keine Hölle sie schrecken. Hast du bis zuletzt eine ewige Verdammnis für möglich gehalten? Oder hast du über deine eigenen Gedanken geschwiegen und unabhängig davon die objektive Lehre verkündigt?"

Katharina ist längst auf der Autobahn, fährt an der Reihe windschiefer Pappeln vorbei, spürt, wie Zorn in ihr hochkommt, weil sie der Kirche die Angstmacherei nicht verzeiht. Die sie ihm auch nicht verzeihen würde.

„Du bist nur entschuldigt, wenn du selbst Angst hattest", sagt sie laut, sieht sein Gesicht vor sich, mit diesem Lächeln, das sie milde stimmt. *„Im Zweifel für dich"*, sagt sie schon etwas leiser und konzentriert sich darauf, einen LKW zu überholen.

Wochen später hatte sie ihm ein zweites Mal gegenüber gesessen, Vorsicht in den Augen. Immer noch wartete sie darauf, dass sich eine Situation ergab, die sie zum sofortigen Verschwinden gezwungen hätte. Auf irgendetwas Verlogenes wartete sie, fürchtete sich davor. Er hörte ruhig zu, stellte Fragen, wich ihrem Blick nicht aus. Die Möglichkeit verstanden zu werden, trieb ihr Tränen in die Augen.

Von da an hatte sie jeden Sonntag in der Klosterkirche gesessen und versucht, sich die Worte von Liturgie und Predigt einzuprägen. Abends saß sie lange am Küchentisch, die neue Bibel vor sich, offen für Erkenntnisse, die ihr wie Geschenke in den Schoß fielen.

Etwas in ihr war zum Leben erweckt worden und wuchs unaufhaltsam. Es verband sie mit Bernd, es verband sie mit allen Menschen und verwandelte ihr die Welt.

In der Bank, wo sie seit Bernds Tod vormittags wieder arbeitete, kamen ihr die nächtlichen Einsichten absurd vor. Aber auch dort merkte sie, dass sie die Menschen anders sah. Manchmal ergriff sie eine Art Zärtlichkeit, während sie mit ihnen über Zinsen und Fälligkeiten verhandelte. Nein, verrückt war sie nicht, aber sprechen konnte sie über diese Erfahrungen nur mit Pater Benno.

Und Pater Benno nickte, führte weiter, kannte sich aus. All die Gedanken, die sie im Alltag irritierten, gewannen in der Stille des kahlen Raumes ihre selbstverständliche Berechtigung.

Sie erfuhr den Trost der Gebete, die den Schmerz um Bernd milderten. Staunend erlebte sie, wie neben oder über ihrer Trauer eine Ahnung von Glück entstand, die zunahm und sich ausbreitete. Ungläubig stellte sie fest, dass sie manchmal wieder sang, Kirchenlieder.

Bald fing sie an, nicht nur sonntags zum Kloster zu gehen, sondern auch Einkehrtage und Fastenpredigten zu besuchen. Sie nahm ihre Kinder mit zur Maiandacht. Am Weihwasserbecken hinter der Kirchentür übte sie mit ihnen die Worte, die man zum Kreuzzeichen mit geweihtem Wasser sagt. Bea fand es wunderbar, ein Gotteskind zu sein. Katharina kaufte ein Weihwasserschälchen für den oberen Flur, damit sie sich jeden Morgen damit bekreuzigen konnten. Am Palmsonntag steckte Peter einen Buchsbaumzweig dahinter. Er war inzwischen Messdiener geworden. Zum ersten Mal fasteten sie in der Karwoche, die Kinder mit großem Ernst. Kein Nutella, kein Fernsehen, stattdessen Kinderkreuzweg und viele kleine Liebesdienste für Katharina. Abends las sie ihnen aus Heiligenlegenden vor.

Nachdem ihr in einem Antiquariat ein Taschenbuch von Rahner in die Hände gefallen war, konnte kein Roman sie mehr fesseln. Zwar war der Text durchsetzt mit theologischen Fremdwörtern, die sie nicht kannte, aber die Sätze sprangen sie an. Sie las beim Kochen, auf dem Klo, nachts, und wusste, dass sie alles verstand. Von da an verschlang sie, was sie an Theologie finden konnte, kaufte sich ein Lexikon der theologischen Begriffe, lieh sich Bücher von Pater Benno aus. Später belegte sie einen theologischen Fernkurs, nach dessen erfolgreichem Abschluss Pater Benno sie fragte, ob sie offiziell in der Klostergemeinde arbeiten wolle. Was hätte ihr

Besseres passieren können? Sie engagierte sich ja längst in der Kinderkatechese. Natürlich nahm sie sein Angebot an.

Birgit allerdings hatte oft diesen prüfenden Blick. Sie fand es nicht gut, dass Katharina den Job bei der Bank aufgab, dass sie immer weniger Zeit für gemeinsame Unternehmungen hatte. Und sowohl Peter als auch Bea kämen ihr neuerdings viel zu brav vor, sagte sie, und schüttelte den Kopf über die Kirchenbegeisterung ihrer Freundin. Musst du gleich so übertreiben?

Aber Birgits Kritik erreichte Katharina nicht, die sich in die Gemeindearbeit warf, Gespräche führte, Gottesdienste vorbereitete, randvoll mit Dankbarkeit.

„Damals lebten wir vom selben Brot, von denselben Gebeten. Es trug uns dieselbe Begeisterung. In meinem Gottesglück dachte ich, es müsste immer so bleiben."

Katharina denkt an die Fahrten mit dem alten Kadett-Kombi des Klosters. Pater Benno hatte am Steuer gesessen und jedes Mal fast unmittelbar nach dem Start begonnen, den Rosenkranz zu beten. Durch sein Vorbeten und Katharinas Antworten war eine Dynamik entstanden, die sie in einen heiligen Bereich gehüllt hatte, in einen Faradayschen Käfig, unverletzbar, auserwählt, während neben ihnen die Welt brodelte, zu deren Erlösung sie beitrugen. Heilige Maria, Mutter Gottes…

Katharina bremst, um einen PKW auf die Autobahn zu lassen, fährt langsam auf der rechten Spur.

„Aber wir waren so erlösungsbedürftig wie alle anderen. Hätten wir nicht sprechen müssen, nachdem ich deinen Blick auffing und wir beide erschraken? So viel Mut hätte sein sollen nach all den Gebeten und der spirituellen Nähe."

Sie sprachen nicht, wussten es nur voneinander. Manchmal beschenkten sie sich mit einem Lächeln, einem Winken, kleinen Gesten, von denen sie zehrten, ein Bonsai- Glück. Manchmal bot sich

Gebet als Fluchtweg an. Dass sie litten, vermehrte ihr Engagement für die Klostergemeinde.

Katharina war beliebt und anerkannt, brachte eigene Erfahrungen mit, die ihr zusätzliche Kompetenz verliehen.

Wenn sie ihren hoch aufgeschossenen Sohn im Altarraum sah, ernst und konzentriert auf die heilige Handlung, war sie stolz auf ihn. Er war inzwischen bei allen Gelegenheiten Pater Bennos rechte Hand.

„Du warst sein großes Vorbild, er bewunderte dich rückhaltlos. Manchmal sprach er sogar in dem Tonfall, den du aus der Eifel mit an den Niederrhein gebracht hattest, so weit ging dein Einfluss."

Und dann, kurz vor Peters Abitur, das Gespräch in der Sakristei, als Pater Benno und Katharina vor dem Wochenplan standen, um schnell ein paar Termine zu klären. Peter hatte sich zu ihnen gestellt, blieb stehen, bis sie fertig waren. Sie sahen ihn an. Groß und mager stand er da mit einem Gesichtsausdruck, der ihr Herzklopfen gemacht hatte. Noch blasser als sonst, mit schiefem Lächeln, hatte er erst sie, dann Pater Benno angesehen und gefragt, welcher Studienort für Priesteramtskandidaten der beste sei. Stille. Dann waren Peter und sie gleichzeitig rot geworden, und Pater Bennos Lockentonsur hatte am rechten Ohr ganz leicht gezittert, sie hatte es von der Seite gesehen. Freude, Rührung, Umarmung, Schulterklopfen. ‚Die glückliche Mutter, der stolze Ziehvater geben bekannt...' Ihr Sohn würde Priester werden. Alles hatte so kommen müssen.

2

Katharina stellte die Eier in die Becher und setzte sich zu Peter, der schon eine Tasse Kaffee trank.

Er war am Tag vor Heiligabend aus dem Priesterseminar gekommen, hatte den Rucksack in die Diele geworfen und ‚Hallo Kätchen' gesagt. Ob er wusste, dass Bernd sie so genannt hatte und dass sie jedes Mal schlucken musste, wenn er sie so anredete? In der Mette hatte er die Lesungen vorgetragen, von Messdienern mit Kerzen flankiert. Das Volk, das im Dunkeln lebt, schaut ein großes Licht....

Sie teilte eins der aufgebackenen Brötchen und köpfte genüsslich ihr Ei, als Peter sagte: Das war das letzte Weihnachten, an dem ich in der Kirche mitgemacht habe. Ich werde diesen Kindergarten verlassen.

Sie war damit beschäftigt, das Eiweiß aus der abgeschlagenen Schale zu lösen, und wandte ihm ihr Lächeln zu, als sie damit fertig war. Was hast du gesagt?

Er hielt seine Tasse mit beiden Händen und starrte vor sich hin. Ich lasse mich nicht mehr mit Zuckerbrot und Peitsche zum Dompteur dressieren, der dann die anderen mit wohldosierten Rationen von Frohbotschaft und Angstmacherei gefügig macht.

Meinst du damit, dass du nicht Priester werden willst? Katharina fand, dass er die gleichen Fingernägel hatte wie sie. Alles von Bernd, aber ihre Fingernägel. Die Kirche ist der weiterlebende Christus, sagte sie.

Hör auf! Die Kirchenlehre und Priesterausbildung sind ein Gemisch aus Wahrheit und Lüge, und das ist nach Pater Benno ein Kriterium für den Teufel. Du kennst seine Auslegung der Sündenfallgeschichte.

Katharina war bleich geworden, fast so bleich wie er.

Peter, du weißt nicht, was du sagst!

Doch! Er sah sie jetzt an. Nimm das Schlussgebet der Mette. Erst Freude über die Geburt des Erlösers und unmittelbar darauf die Bitte um Gnade, damit wir in den Himmel kommen. Die Texte sind so ambivalent wie das Gottesbild. In der weihnachtlichen Atmosphäre schlucken die Leute die schönen Worte, ohne zu merken, dass sie gleichzeitig ihre Angst füttern, die sie bereit macht, sich bevormunden zu lassen. Jesus hat die Menschen sprechen, hören und sehen gelehrt. Er war kein Vormund, nicht mal ein Fürsprecher. Das ist auch so eine Vorstellung, die das Gottesbild verhunzt.

Junge, du musst ja nicht Priester werden. Such dir einen anderen Beruf!

Ich will mich aber auch nicht mehr bevormunden lassen. Dafür hab' ich zu viel verstanden. Ich werde aus der Kirche austreten.

Jetzt wusste Katharina nicht mehr, was sie sagte. Deine Entscheidung ist falsch! Sie schrie fast. Du bist nicht bereit, dich zu unterwerfen! Demut ist offenbar nicht deine Stärke. Jesus war demütig, aber es ist bequemer, das zu übersehen.

Die Tasse klirrte, als Peter sie auf die Untertasse stellte.

Katharina starrte das aufgeschlagene Ei neben dem Brötchen an, das ihr ein unangenehmes Gefühl im Magen verursachte.

Peter sprach jetzt leiser: Du bist auch so ein Typ, der immer weiß, was richtig und was falsch ist. Dessen Sicherheit unsicher werden lässt. Bea traut sich nicht, dir zu sagen, dass sie nur noch selten zur Kirche geht, dass sie sich befreit fühlt, seit sie nicht mehr zu Hause ist.

Bea also auch. Sie hatten sich abgesprochen, hatten kein Vertrauen zu ihr. Bea, die erst heute von ihrem Studienort kommen würde und auf die Katharina sich die ganzen Feiertage schon freute. Hatte sie die Weihnachtsfeier für Obdachlose nur vorgeschoben, um nicht schon eher kommen zu müssen?

Sie merkte, dass sie in Tränen ausbrechen würde, stand auf und sagte, sie habe keinen Hunger mehr. Ob er bitte abräumen könne. Dann nahm sie eine Tasse Kaffee mit nach oben in ihr Zimmer.

Was bedeutete es für seine Seele, wenn er aus der Kirche austrat? Er sagte so gotteslästerliche Dinge! War er von nun an verloren in der Gottferne? Sein Leben orientierungslos und zum Scheitern verurteilt? Sein Sterben ein Fallen in den ewigen Schmerz?

Es war das Schlimmste, was passieren konnte. Schlimmer als eine schwere, unheilbare Krankheit, denn da würde er doch bei Gott ankommen, aufgenommen werden in seinen Trost. So aber, wenn er sich abkehrte…Entsetzen machte sich in ihr breit, überschüttete sie mit haltlosem Weinen.

Irgendwann hatte es geklingelt. Wahrscheinlich war Bea gekommen. Katharina hatte die Tür gehört, aber niemand hatte sie gestört in ihrem Zimmer unter dem Dach.

Sie sehnte sich nach dem Meer, dem Wind im Gesicht, nach der großen Weite, in der sie Gott nicht mehr suchen musste. Also hatte sie die Bahnauskunft angerufen und sich nach Fahrmöglichkeiten ans Meer erkundigt. Sie hatte ihr verquollenes Gesicht so gut es ging zurechtgemacht, sich umgezogen, ihre Reisetasche gepackt und ein Taxi bestellt. Wenn sie jetzt zu Hause blieb, würde sie bei der geringsten Gelegenheit in Tränen ausbrechen. Das wollte sie sich und den Kindern ersparen.

So war sie nach unten gegangen, reisefertig, und hatte prompt die Fassung wieder verloren, als sie Bea sah, die auf sie zukam und leise Hallo sagte. Umarmung. Das Taxi hupte.

Ich fahre ans Meer, will nicht dauernd heulen, seid mir bitte nicht böse. Durch den Tränenschleier sah sie zwei stille Gesichter. Bea drückte ihr noch ein Päckchen in die Hand. Es war ja der zweite Weihnachtstag.

Sie hatte ein bleiernes Meer vorgefunden, fast ohne Brandung, das am Horizont unmerklich in einen bleiernen Himmel überging. Während sie über den Sand zum Wasser gegangen war, hatte sie gespürt, dass ihre Angst bereits zu einem schwarzen Loch geworden war, das die Tendenz hatte, alles andere an sich zu ziehen. Sie betete gegen den Sog an: Bekehre meine Kinder, Gott, lass sie nicht verloren gehen. Ihre Schritte passten sich den Worten an: Be-keh-re-mei-ne-Kin-der-Gott-lass-sie-nicht-ver-lo-ren-gehn-be-keh-re-...Es entstand ein gleichmäßiger Rhythmus aus Bewegung, Pulsschlag und Gebet, der sie wie von selbst den menschenleeren Strand entlang trug.

Wie viel Zeit vergangen war, bis sie langsamer wurde und sich auf eine angeschwemmte Kiste setzte, wusste sie nicht. Sie ließ die Weite in sich ein, sah auf die Bewegung der Wellen, wie sie matt ans Ufer rollten, horchte.

Lange hatte sie da gesessen und Gebete geknüpft, Stückchen von Vertrauen zusammengeknotet, Fäden der Hoffnung, des Glaubens.

Von diesem Zeitpunkt an wurde das Gebet um Bekehrung ihrer Kinder der Hintergrund, auf dem sich ihr Leben abspielte, das eigentlich Wichtige. Ein leiser Schmerz hinter dem Brustbein erinnerte sie unablässig daran. Nachts erwachte sie nass geschwitzt aus Träumen, in denen sie gegen das Lachen des Teufels an gebetet hatte.

„Du hast mir nicht geholfen damals. Hast nicht meine Hand in deine beiden Hände genommen, in diese kleine Geborgenheit, die mich manchmal getröstet hat, nicht mal nur mit den Augen gelächelt. Als ich dich fragte, ob Peter schon bei dir gewesen sei, ob du schon Bescheid wüsstest, sagtest du, dass alle Priester solche Krisen durchstehen müssten. Für dich ging es vor allem darum. Für mich war es nicht mehr wichtig, ob er Priester wurde. Ich hatte Angst um ihn. Aber ich konnte nicht sprechen. Deine Unnahbarkeit verschloss mir den Mund.“

Ängstlich beobachtete sie, wie auch ihre Tochter sich veränderte, den Stil ihrer Kleidung wechselte. Viel zu sexy sah sie aus in ihren Mini- Röcken, mit ihrer henna gefärbten Lockenpracht. Zwar freute Katharina sich über die gute Laune, die Bea neuerdings meist hatte, war aber irritiert, dass sie so albern sein konnte. An den Messen im Kloster nahm sie nicht mehr teil, auch der Kontakt zur Studentengemeinde war abgebrochen. Sie studierte Sportmedizin, arbeitete in einem Zentrum für Body- Building, um sich etwas dazu zu verdienen. Aber vor allem, weil es ihr Spaß mache, wie sie sagte. Sie wolle endlich mal das Leben leichter nehmen, nicht immer alles hinterfragen nach richtig und falsch.

Ich will jetzt meine Gefühle wichtig nehmen, auch wenn ich dabei Fehler mache. Aus Fehlern kann man lernen.

In Katharina war ein eigenartiges Schuldgefühl entstanden. Hatte ihr Sohn nicht Ähnliches gesagt? Wie war das möglich?

Peter überlegte, Sozialpädagogik zu studieren, hatte aber noch nicht endgültig mit Kirche und Priesterseminar gebrochen. Ich werde nicht kampflos gehen, sagte er, und schlug auf die Kirche ein, ironisch und unglücklich. Sie litt an dem, was er sagte, und weil es ihm so schlecht ging. Manchmal sprach er von einer Frau, die früher Pastoralreferentin gewesen war und die ihm offenbar viel bedeutete. In Katharina war alles, was er von ihr erzählt hatte, zu einem Berg aus Ablehnung geworden: Eine geschiedene, allein erziehende Frau, die Ausländern Deutsch beibrachte, aus der Kirche ausgetreten war und Therapieerfahrung hatte! Zum Glück kann er sie nicht heiraten, hatte sie gedacht, sie ist geschieden! Aber dann war ihr eingefallen, dass er sie natürlich sowieso nur standesamtlich heiraten würde. Ungetaufte Enkelkinder würde sie haben! Sie hatte tief eingeatmet, um den Schmerz hinter dem Brustbein zu besänftigen.

Konnten ihre Kinder glücklich werden ohne die Heimat in den Gebeten und Liturgien der Kirche, ohne die Geborgenheit, die sie schenkte?

Wie eine Antwort war Peters Anruf gekommen. Er wolle ihr nur sagen, dass er in der Psychiatrie sei. Vorübergehend. Sie solle sich bitte keine Sorgen machen. Gudrun wisse über alles Bescheid. Ohne eine Pause zu machen, gab er ihr die Telefonnummer durch. Sie musste sich auf das Schreiben konzentrieren, kam nicht zu Wort. Er ließ ihr offenbar bewusst keinen Raum für Fragen, bat nur, Pater

Benno nichts zu sagen, er wolle von ihm keine Trostkarte. Sie hatte noch Umarmung sagen können, dann war die Verbindung abgebrochen.

Ein wilder Zorn war in ihr hochgestiegen, hatte sich gegen Gott gewandt: Hol ihn da raus! Warum muss er sich so quälen? Warum schenkst du ihm nicht endlich wieder Frieden? Warum gibst du meinen Kindern nicht Gedanken ein, die sie zu dir zurückführen, statt immer weiter weg? Was hätte ich noch tun sollen, damit du mich erhörst? Kannst du nicht hören?

Sie hatte die Stirn gegen die Wand gelegt und mit den Handflächen gegen die Tapete geschlagen. Der Schmerz in den Händen tat gut, auch die Kühle, die von der Wand langsam in ihren Kopf zog. Irgendwann war ihr bewusst geworden, dass sie immer noch neben dem Telefon stand, und so hatte sie Gudruns Nummer gewählt und auf den Anrufbeantworter gesprochen.

Kurz darauf rief Gudrun an, fragte, ob sie Katharina besuchen könne. So gegen acht. Es bestehe kein Grund zur Sorge, wirklich nicht. Bis dann.

Katharina wollte Gudrun nicht sehen, nicht mit ihr über Peter sprechen. Aber es gab keine andere Möglichkeit, etwas über seine Lage zu erfahren.

Kurz vor acht klingelte es und sie stand vor der Tür, zierlich, aufrecht, mit einem vorsichtigen Lächeln.

Katharina hatte Tee gemacht, der auf dem Küchentisch stand, an den sie sich setzten. Sie goss die Gläser voll, spürte Gudruns forschenden Blick, während sie den Kandis umrührte.

Sie haben sicher einen großen Schrecken bekommen.

Katharina hatte schweigend hoch gesehen in das ihr zugewandte Gesicht mit den verständnisvollen Augen, dem angedeuteten Lächeln. Von Gudrun wollte sie kein Mitgefühl.

Peter hat gesagt, ich soll Ihnen alles erzählen, was ich weiß, und weil ich besser reden kann, wenn ich meinen Gesprächspartner sehe, bin ich hergekommen.

Gudruns entwaffnende Offenheit durchbrach Katharinas Blockade. Sie ordnete sich dem Bescheidwissen der Jüngeren unter, fand endlich Worte: Wie krank ist er? Seit wann ist er in der Psychiatrie, und wie ist es dazu gekommen?

Gudrun strich sich den Pagenkopf hinter die Ohren und sah Katharina an.

Ich glaube nicht, dass er wirklich krank ist, nur voll von Gefühlen, mit denen er nicht umgehen kann. In letzter Zeit hat er sich überall in die Nesseln gesetzt mit seiner Radikalität. Die Folge ist, dass er alle Kirchendiener hasst, wie er sagt. Ich glaube, sein Hass macht ihm Angst, weil er gelernt hat, dass man nicht hassen darf. Er braucht jemanden, der ihm hilft, den Krieg in seinem Innern zu beenden. Jedenfalls war er total fertig, als er gestern zu mir kam, hatte Angst Amok zu laufen, alle diese verlogenen Ignoranten umzubringen, wie er sagte.

Gudrun hatte eine Pause gemacht, Tee getrunken, aus dem Fenster gesehen und dann zögernd weiter gesprochen.

Vielleicht hat er diese Hilfe von mir erwartet, weil er weiß, dass ich ähnliche Erfahrungen gemacht habe. Aber ich bin keine Therapeutin. Also habe ich eine befreundete Psychiaterin angerufen, die bereit war, sofort ein Gespräch mit Peter zu führen und die ihn dann auf seinen Wunsch hin eingewiesen hat. Ich gehe davon aus, dass er die Gespräche bald ambulant weiter führen kann.

Katharina hatte sich hilflos gefühlt vor so viel Psychologie. In der entstandenen Pause versuchte sie, ihre Gedanken zu ordnen. Psychologie statt Frömmigkeit. War das die falsche Weiche, die Peter dahin gebracht hatte, wo er jetzt war? Sie wusste nichts zu sagen, schüttete Tee nach.

Gudrun hatte dann langsam angefangen, davon zu sprechen, wie schwer die Zeit gewesen war, in der sie sich zuerst von der Kirche und damit von ihrem Beruf und dann von ihrem Mann getrennt hatte. Sie erzählte keine Einzelheiten, nur ihre Entwicklungsschritte im Großen, sprach ruhig und ohne Selbstmitleid. Wollte sie Katharina helfen, Peter besser zu verstehen?

Hinter ihrem linken Ohr hatte sich ein Teil Haare gelöst und einen schwarzen Mond auf ihrer Wange gebildet. Zum ersten Mal war Katharina die melancholische Linie um den Mund aufgefallen. Sympathie erwachte in ihr, wuchs, als Gudrun sagte: Ich habe übrigens meinen Glauben an Gott nicht verloren. Er ist nur anders geworden, nicht weniger.

Katharina war dankbar für Gudruns Offenheit gewesen, besonders aber dafür, dass sie Peter so wirksam unterstützt hatte. Das sagte sie ihr. Wir lieben ihn eben beide, war Gudruns Antwort gewesen. Zum Abschied hatten sie sich umarmt.

3

„Gudrun war der lebendige Gegenbeweis für deine These, man könne ohne Kirche nicht an Gott glauben, die du bei allen möglichen Gelegenheiten wie eine Beschwörungsformel wiederholtest. Hattest du Angst um die Kirche? Die Kirche, deine größte Liebe, der du deine ganze Hingabe schenktest."

Die Kirche, dieses auf Autorität aufgebaute System, das eine kindliche, meist kindische Form von Religion ist, wie Dorothee Sölle schreibt. Katharina hatte ihr Buch über Mystik zufällig an dieser Stelle aufgeschlagen und erschrocken wieder zugeklappt.

Sofort war ihr nämlich eingefallen, was Peter damals gesagt hatte: Ich werde diesen Kindergarten verlassen. ‚Kindergarten' war eins der Wörter, die sich aus den Gesprächen mit Peter in ihr festgesetzt hatten. Jedes Mal, wenn es ihr eingefallen war, hatte sie sich bemüht, es schnell wieder zu vergessen, weil sie gespürt hatte, dass es irgendwie stimmte, teilweise zumindest, wie eine Karikatur stimmt.

Während Katharina nun doch den Campingwagen überholt, hinter dem sie schon länger herzockelt, fällt ihr ein Gespräch auf der Terrasse ein.

Wer Kind bleiben will, wird ein Zwerg werden, hatte Gudrun gesagt, ruhig, wie es ihre Art war. Sie kam inzwischen oft mit, wenn Peter Katharina besuchte. Es war ein warmer Sommertag gewesen, auf dem Terrassentisch stand noch das Geschirr vom Abendessen. Die Sonne war so weit ums Haus gewandert und stand so tief, dass sie unter der Markise hindurch schien. Peter hatte gerade über eine Frau gelästert, die sich von einem Kurs abgemeldet hatte, weil sie sich ihren Kinderglauben nicht nehmen lassen wollte. Seine Stimme triefte von Ironie. Wegen der Sonne hatte er sich schräg auf die Bank gesetzt, so dass er zum Haus blickte, wo Katharina vor dem Fenster zur Küche mit hoch gelegten Beinen auf ihrem Lieblingsstuhl saß.

Bea, die ausnahmsweise auch da war, hielt das dicke Telefonbuch so, dass die Seiten im Schatten lagen. Sie suchte die Nummer zu einem ausländischen Namen, den sie nur vom Hören kannte, und musste darum immer wieder unter anderen Buchstabenkombinationen nachschlagen.

Gudruns Stimme war von der hölzernen Hollywoodschaukel gekommen, auf der sie im Schneidersitz hockte, die Sonne im Rücken. Ein schlanker Buddha, der Peters Geschichte kommentiert hatte.

Sag das noch mal, hatte Peter sie aufgefordert, aber Gudrun hatte ihren Satz schon wieder vergessen, den Gedanken allerdings nicht.

Ein Mensch verkrüppelt, wenn er nicht erwachsen werden will oder sich daran hindern lässt. Zwergwuchs nennt man das.

‚Zwergengarten.' Peter hatte das Wort auf der Zunge zergehen lassen. Wusste gar nicht, dass ‚Kindergarten' noch steigerungsfähig ist.

Überraschend hatte Bea sich eingeschaltet und den Kopf vom Telefonbuch gehoben. Katharina konnte nicht anders als sie hinreißend finden mit ihren aufgesteckten roten Haaren.

Soviel ich weiß, stimmt das aber nicht mit Jesus überein. Der hat doch gesagt: wenn ihr nicht werdet wie die Kinder... Ihr Kopf beugte sich schon wieder über die Spalten.

Werdet, nicht bleibt, war Peters Erklärung gewesen, das ist ein entscheidender Unterschied!

Bea hatte die Telefonnummer gefunden, schrieb sie sich in die Hand und klappte das Buch zu. Für einen Moment ernst und konzentriert hatte sie Peter angesehen, dann war sie grinsend aufgestanden. Stimmt, Kleiner, dann bin ich ja auf dem richtigen Weg! Im Vorbeigehen hatte sie mit ihren Zehen die Sandalen geangelt, die unter der Hollywoodschaukel lagen, war hineingeschlüpft und ins Haus gegangen.

Bald darauf waren Peter und Gudrun gefahren, denn Gudrun hatte zu Hause sein wollen, wenn ihr Sohn Jonas von seinem Vater zurückgebracht wurde. Bea, die bei ihrer Mutter übernachten wollte, hatte sich für den Abend verabredet.

Katharina war mit ihren Gedanken und Gefühlen auf keinen grünen Zweig gekommen. Weder mochte sie Beas Grinsen, noch Peters Ironie, und die Selbstverständlichkeit, mit der Gudrun Peters Gedanken Recht gab, mochte sie auch nicht.

Wer Kind bleiben will, wird ein Zwerg werden. Sie hatte Gudruns Satz behalten. Wer in der Kirche bleiben will, wird ein Zwerg werden. Was für ein idiotischer Gedanke! Ihr war ein anderer eingefallen, während sie abgeräumt und gespült hatte: Man kann Gott nicht zum Vater haben, wenn man die Kirche nicht zur Mutter hat. Aber der hatte ihr auch nicht gefallen.

Später hatte sie im Garten die Blumen gegossen, ausdauernd, beinahe verbissen, als wenn sie sie ertränken wollte.

Das Gespräch hatte in ihr weiter gewirkt, war zu Bildern geworden, die sie früh morgens aus dem Bett getrieben hatten. Lange schaute sie aus dem Fenster in die Morgendämmerung, wurde aber nicht ruhig dabei. Traumfetzen schwammen in einem Nebel der Beängstigung. Sie konnte das Puzzle nicht zusammensetzen, zu viele Bilder fehlten. Einigermaßen klar sah sie nur Pater Benno, der auf einer Fußbank hinter dem Altar stand, und sich selbst, die ihm auf Stelzen assistierte.

Kinder, sie beide, die sich den Anschein gaben, groß zu sein? Die einen Vorrat an Wahrheit verwalteten und meinten, auf alles eine Antwort haben zu müssen? Auf jeden Schmerz ein Gebet? Gespeist von den Resten ihrer Traumangst hatte eine unbekannte Unsicherheit sie überflutet. Hatte Peter mehr Recht, als sie wahr haben wollte? Stimmte es, dass angesichts neuer Erkenntnisse die alten Wahrheiten sich als Irrtümer erwiesen? Zum ersten Mal hatte sie diese Fragen zugelassen. Am Fenster vor dem hell werdenden Himmel war ihr aufgegangen, dass sie sich getäuscht haben konnte.

Aber das war unmöglich! Die Kirche war unfehlbar! Der Heilige Geist war der Garant dafür!

Sie hatte das Buch über Mystik geholt, wollte sich mit dem Text konfrontieren, der sie so beunruhigt hatte. Nach einigem Blättern fand sie die Stelle, in der Sölle von den überkommenen Religionen spricht, die Gehorsam dem befehlenden Gott gegenüber fordern und mit Höllenstrafen drohen oder mit dem Himmel locken.

Der Text stand zum Teil in der Vergangenheit, aber jeden Samstag wurde Gegenwart daraus, wenn in der Klosterkirche eine kleine Versammlung Frommer betete: ,...bewahre uns vor dem Feuer der Hölle....'

Fragen waren auf sie eingestürzt. Lebte sie mit Pater Bennos Gemeinde in einem vorsintflutlichen Ghetto? Wie kam eine ernst zu nehmende Theologin zu einer solchen Formulierung?

Plötzlich hatte Katharina verstanden, warum Peter keinen Besuch von ihr gewollt hatte während seines vierwöchigen Psychiatrie-Aufenthaltes. Sie war für ihn eine Repräsentantin seiner krank machenden Vergangenheit, von der er seine neue Weltsicht nicht in Frage stellen lassen wollte!

Was hatte sie angestellt mit ihrer Richtig-Falsch-Erziehung, in der Gehorsam gegenüber dem Kirchengott oberstes Gebot gewesen war? Wem war sie auf den Leim gegangen? Gott? Jesus? Pater Benno? Sich selbst?

Sie hatte das Fenster geöffnet, tief eingeatmet und gewusst, dass sie heute niemandem in der Gemeinde begegnen konnte, sich selbst auch nicht. Also hatte sie einen Entschuldigungszettel in die Sakristei gelegt und war zum Meer gefahren.

An die Fahrt konnte sie sich später nicht mehr erinnern. Nur an den Klumpen aus Trauer, Zorn und Schuldgefühlen, der ihr im Hals gesteckt hatte. An das Sitzen und Aufs-Meer-Starren, später das endlose Laufen im Wasser. Sie hatte ihr NEIN! in das Brandungschaos geschrieen. Es konnte einfach nicht sein, dass ihre Kirchenjahre nur ein Irrtum gewesen waren, die selige Gewissheit von Erwählung und Verantwortung nur Täuschung, ihre Anstrengungen umsonst, schlimmer: gefährlich. Es war nicht möglich, dass sie ihre Kinder durch ihr gewissenhaftes Kirchenchristentum behindert statt gefördert hatte. Wenn es einen Gott gab, dann konnte das nicht sein!

Erschöpft, mit nassen Hosenbeinen und wehem Hals, hatte sie später im Sand gelegen und war zu Hause wie tot ins Bett gefallen. Nach kurzem Schlaf hatte Fieber sie geweckt und wach gehalten.

Es kam ihr gut aus. Sie musste ihre Gedanken sortieren, bevor sie wieder in der Gemeinde arbeiten konnte.

Weder Kopf- noch Halsschmerzen, kein Schnupfen und kein Fieber hatten sie davon abhalten können, immer aufs Neue den Text über das autoritäre System zu lesen, das mit der Hölle droht und eine kindische Form von Religion darstellt.

Wenn das stimmte, wenn es Hölle nicht gab im Sinn einer ewigen Verzweiflung, einer endgültigen Trennung von Liebe und Gemeinschaft, dann bekam alles eine andere Farbe. Dann konnte nichts so schrecklich sein, dass es nicht verwandelt wurde, aufgehoben, umarmt. ...'Nur Liebe, frei gewordene - niemals aufgezehrte - Uns überflutend...'

Es stimmte! Sie fühlte, dass es stimmte, unwichtig, was die Kirche lehrte. Am Ende würde die Sehnsucht nach Glück übrig bleiben, aus der die Menschen gemacht sind, wie pervers sie in ihrem Leben auch damit umgingen. Und Liebe würde die Antwort sein. Nicht der liebe Gott der Kirche, dessen Hölle nach dem Tod ihr die Hölle vor dem Tod beschert hatte. Ihre Kinder würden schuldig werden, hatten die Folgen zu tragen, mussten vielleicht durch Höllen gehen, aber kein Gott würde sie strafen, weder jetzt noch später.

Was ist die Farbe der Befreiung? Ihr war, als wäre ein Filter entfernt worden, der ihr die Sicht verdunkelt und verstellt hatte. Ein neues Land tat sich vor ihr auf.

Peter hatte sie besucht, eine heiße Zitrone vor den Stapel Bücher gestellt, der sich auf dem Schreibtisch angehäuft hatte, griffbereit vom Bett aus. Sein schiefes Hallo Kätchen. Mit schräg gelegtem Kopf hatte er neugierig die Titel entziffert, während ein breites Grinsen auf seinem Gesicht erschienen war. Katharina hatte zurückgegrinst, triefäugig den Zitronensaft schlürfend. Setz dich doch.

Liest du sie endlich?

Ich fange langsam damit an.

Es waren Peters Geschenke aus den letzten Jahren, die Katharina nach einem Blick auf Einband und Inhaltsverzeichnis stets ungelesen ins Regal geschoben hatte. Kritische Theologie. Seine Nachfragen hatten regelmäßig Entschuldigungen und Vertröstungen zur Antwort gehabt.

Offene Freude in seinen Augen. Verlässt du die Höhle? Sie hatte nicht verstanden, was er meinte, war zu voll von ihren eigenen Gedanken gewesen. Ich hab' über die Hölle nachgedacht.

Nimm der Kirche die Hölle, und sie hat keine Daseinsberechtigung mehr.

Aber über die Kirche hatte sie nicht polemisieren wollen. Lass die Kirche mal weg. Was meinst du, gibt es eine Hölle?

Er hatte wippend auf ihrem Schreibtischstuhl gesessen und aus dem Fenster gesehen. Sie hatte sein Profil vor sich gehabt. Stirn, Nase, Kinn lang, nur der volle Mund stellte sich quer.

Ich finde, es gibt Hölle hier wie Himmel auch. Nicht als Strafe, wohl als Folge. Auch im Tod. Wahrscheinlich tut es höllisch weh, der eigenen Lieblosigkeit zu begegnen. Aber dann ist man schon auf der anderen Seite. Und nach einer längeren Pause: Alles andere ist Kinderkram, schwarze Pädagogik.

Sie hatte ihm den Text aus dem Söllebuch vorgelesen.

Hätte ich der alten Dame gar nicht zugetraut!

Zum ersten Mal nach langer Zeit waren sie einig gewesen.

Während der letzten Tage ihrer Krankheit hatte sie über Veränderungen in ihrer Arbeit nachgedacht, Ideen gesammelt, mit denen sie schließlich zu Pater Benno gegangen war.

„Du hast es von Anfang an gewusst. Als ich blauäugig zu dir kam und vorsichtig von meinen neuen Erkenntnissen sprach, die ich in neue Gruppen einbringen wollte, hast du dich lächelnd zurückgelehnt. Probie-

ren Sie's, Katharina, sagtest du, sahst mich aufmerksam und ein wenig traurig an. Es war dir klar, dass meine Pläne nicht zu realisieren waren. Trotzdem ließest du mir freie Hand. Hofftest du, meine Initiativen würden im Sand verlaufen?"

Heute versteht sie nicht mehr, dass sie es für möglich gehalten hat, innerhalb der Kirche die Lehre vom strafenden Gott abzuschaffen. In ihrem Neuanfang war das Ende längst besiegelt gewesen.

Sie schüttelt den Kopf, wacht aus ihrem automatischen Fahren auf, trinkt einen Schluck aus der Wasserflasche. Dass sie schon so weit ist, hat sie gar nicht gemerkt. Sie ist dankbar für den geringen Autoverkehr, der es ihr leicht macht, wieder in die Vergangenheit einzutauchen.

„Wir waren so hilflos, weil wir feige waren, nicht offen von unseren Erfahrungen sprachen, von unserer Angst zum Beispiel. Du hast dich an der Lehre der Kirche festgehalten, wenn ich von meinem neuen Gottesglück zu sprechen versuchte. Keine Chance für meinen nicht eingreifenden Gütegott, den du mit ein paar Zitaten vom Tisch fegtest, bis der Allmächtige zwischen uns stand. Aber ich ließ mich nicht beirren, hatte mich bereits mit Haut und Haaren dem Neuen verschrieben."

Auch wenn Katharina das alte Miteinander ersehnt hatte, sie war nicht mehr zu stoppen gewesen. So hatte sie Themen formuliert, Kreise initiiert: ‚Keine Angst vor Gott', ‚Zum Teufel mit der Hölle'.

Hatte er schon immer seltsam abwesend gewirkt, wenn sie ihm von ihren neuen Projekten erzählt hatte, schien er zunehmend uninteressiert zu sein. Misstrauen schlich sich zwischen sie. Katharina litt daran, auch an den versäumten Gelegenheiten und missglückten Versuchen, das zähe Schweigen aufzuweichen, das zwischen ihnen entstanden war. Wenn auch das immer noch hin- und her fliegende Lächeln sie getröstet hatte.

Zuletzt waren sie sich manchmal bewusst aus dem Weg gegangen. Katharina hatte ihm nichts von den Agapefeiern erzählt, mit denen die Wortgottesdienste neuerdings abschlossen, die sie in seiner Abwesenheit leitete. Seit er ihr zwischen Tür und Angel untersagt hatte, darin die Kommunion auszuteilen, war ihr voller Zorn dieser Ausweg eingefallen. Pater Arnulf und Pater Leo würden ihn schon informieren, schließlich nahmen sie immer daran teil.

Kurz darauf hatte sie ein Gespräch belauscht. Sie war für die Messe zu früh gewesen, hatte sich in eine Bank gegenüber der Sakristei gesetzt und die Stille auf sich wirken lassen. Da hörte sie Stimmen, die aus der angelehnten Sakristeitür kamen. Als sie aufgestanden war, um nach hinten zu gehen, hatte sie ihren Namen gehört und sich wieder gesetzt.

Du musst es ihr verbieten! Das war Pater Leos Stimme gewesen, der weiter gesprochen hatte: Du hast sie gegen unseren Willen eingestellt, das hast du jetzt davon.

Sie tut der Gemeinde gut, das weißt du. Pater Bennos Stimme hatte noch ruhiger geklungen als gewöhnlich.

Aber jetzt schadet sie ihr. Sie bringt alles durcheinander. Ich bin schon von mehreren angesprochen worden, die offenbar irritiert sind. Und Frau Menzel hat gesagt, die Messe von Frau Niers sei anders, aber auch sehr schön, oder einen ähnlichen Quatsch.

Frau Menzel versteht nichts, hatte Pater Arnulf eingeworfen.

Viele verstehen viel zu wenig, das war wieder Pater Leo gewesen, und darum musst du es sofort verbieten, Benno. Agapefeiern können die Leute zu Hause machen.

Ich denke auch, dass sie als öffentliche Gottesdienste ungeeignet sind, hatte sie Pater Bennos Stimme gehört, dann war die Türe geschlossen worden.

Katharina hatte sich auf ihren Platz in der ersten Reihe gesetzt, von dem aus sie leicht zum Austeilen der Kommunion in den Altarraum gehen konnte. Das heulende Elend war schon zum Kyrie über sie gekommen, als ihr aufgegangen war, dass sie fast nichts von dem mehr glaubte, was da gefeiert wurde. Sie musste gehen, durfte nicht öffentlich Gebete sprechen, die sie innerlich nicht nachvollziehen konnte. Sie durfte auch nicht für die Agapefeiern kämpfen, denn die waren ihr Ersatz für die Eucharistie, an die sie nicht mehr glaubte. Sie war schon viel weiter ausgewandert, als ihr bewusst gewesen war.

Mit der Zunge hatte sie die Tränen von ihren Wangen geleckt, damit sich keine Tropfenflecken auf ihrer Bluse bilden konnten, und war nach oben gegangen, um am Altar zu kommunizieren, ein weiblicher Judas.

Dann hatte sie auf die Hände gesehen, die sich ihr hinhielten, hatte den Leib Christi, der für sie nicht mehr der Leib Christi war, hineingelegt. Trost, Hoffnung und Freude für die Menschen, zu denen sie nicht mehr gehörte.

In der Sakristei lehnte ein besorgter Pater Benno unter der Wanduhr. Offenbar war ihm aufgefallen, dass sie die ganze Zeit mit den Tränen gekämpft hatte. Die Messdiener waren schon weg. Sie nahm ihre Tasche vom Haken und reichte ihm die Hand. Ich werde wohl gehen müssen, kündigen.

Er trat einen Schritt zur Seite, als wenn er ihr den Ausgang versperren wollte. Verschwommen sah sie sein erschrockenes Gesicht. Wir müssen reden, jetzt, sagte er.

Sie hatte den Kopf geschüttelt. Erst fahre ich ans Meer.

Danach? Danach.

Sie war gleich vom Kloster aus gefahren und in weniger als zwei Stunden am Strand gewesen, wo sie nackt so weit ins Wasser gelaufen war, dass sie gerade noch stehen konnte. Dort hatte sie die Arme auf die spiegelnde Wasserfläche gelegt, die Beine angezogen, gespürt, wie das Meer sie trug. So hatte sie sich wiegen lassen von großen Wellen ohne Überschlag, die sie aufgehoben und mit einem kleinen Schwung wieder abgesetzt hatten. Immer wieder war sie ins flachere Wasser gespült worden und zurück geschwommen in die Schwerelosigkeit, hatte sich mit geschlossenen Augen dem Auf und Ab anvertraut, bis sie irgendwann, blau gefroren, bereit gewesen war, den Weltuterus zu verlassen. In der Sonne waren Haare und Kleidung getrocknet. Auf dem Weg zum Parkplatz hatte sie an einem Stand mit Muscheln und Steinen eine Apachenträne gekauft, fasziniert von der Durchsichtigkeit des dunklen Steins.

Nach der Abendmesse hatte sie Pater Benno an seinem schönen Schreibtisch gegenüber gesessen. Hatte Sand verstreut, Geruch nach Salz verbreitet, verklebte Haare gehabt und Sonnenbrand auf der Nase. Es war ihr egal gewesen.

Ich muss kündigen, darf nicht einfach weitermachen, es geht nicht mehr. Sie hatte den Stein vor ihn auf den Schreibtisch gelegt. Ein paar Sandkörner waren auf die glatte Fläche gefallen. Er hatte ihn genommen und aufmerksam betrachtet.

Man muss ihn gegen Licht halten, dann wird er durchsichtig.

Zum Klostergarten gewendet hatte er den dunkelgrauen Stein zwischen Daumen und Zeigefinger vors Fenster gehalten, und beide hatten sie gesehen, wie er zur Träne geworden war.

Warum?

Ich glaube an einen anderen Gott, einen anderen Jesus. Ich glaube nicht mehr an die Sakramente, an die Wahrheit der Kirchenlehre. Es wäre eine einzige Lüge.

Wie ist das möglich? Er hatte klein ausgesehen vor Hilflosigkeit.

Erst heute Morgen ist mir klar geworden, wie weit ich mich schon entfernt habe.

Sie hatten eine Weile schweigend dagesessen, dem Ticken der Uhr zugehört. Es eilt ja nicht, hatte Katharina irgendwann gesagt, war aufgestanden und um den Schreibtisch herumgegangen. Dann hatte sie seine Hand einen Moment in ihre beiden Hände genommen und war nach Hause gefahren.

Katharina verlässt die Autobahn und biegt in eine Landstraße, die durch Felder und Wiesen führt. Vor ihr liegt ein Hügel, Berg genannt, weil er einsam in der ebenen Landschaft steht, eine bewaldete Endmoräne mit Aussichtsturm. Die Sonne wird noch ein Weilchen über den Bäumen sichtbar bleiben.

Sie öffnet den Reißverschluss an der Tasche ihres Pullovers, greift hinein und legt die Apachenträne vorsichtig in eine Vertiefung am Armaturenbrett. In der Sonne glänzt sie ein bisschen. Pater Bennos Nachlass. Bei der Beerdigung im Klostergarten hat Pater Arnulf sie ihr zugesteckt, mit einem traurigen Verschwörerlächeln.

Er hat immer gesagt: Wenn ich gestorben bin, gibst du sie Katharina.

www.tredition.de

Über tredition

Der tredition Verlag wurde 2006 in Hamburg gegründet. Seitdem hat tredition Hunderte von Büchern veröffentlicht. Autoren können in wenigen leichten Schritten print-Books, e-Books und audio-Books publizieren. Der Verlag hat das Ziel, die beste und fairste Veröffentlichungsmöglichkeit für Autoren zu bieten.

tredition wurde mit der Erkenntnis gegründet, dass nur etwa jedes 200. bei Verlagen eingereichte Manuskript veröffentlicht wird. Dabei hat jedes Buch seinen Markt, also seine Leser. tredition sorgt dafür, dass für jedes Buch die Leserschaft auch erreicht wird

Autoren können das einzigartige Literatur-Netzwerk von tredition nutzen. Hier bieten zahlreiche Literatur-Partner (das sind Lektoren, Übersetzer, Hörbuchsprecher und Illustratoren) ihre Dienstleistung an, um Manuskripte zu verbessern oder die Vielfalt zu erhöhen. Autoren vereinbaren unabhängig von tredition mit Literatur-Partnern die Konditionen ihrer Zusammenarbeit und können gemeinsam am Erfolg des Buches partizipieren.

Das gesamte Verlagsprogramm von tredition ist bei allen stationären Buchhandlungen und Online-Buchhändlern wie z. B. Amazon erhältlich. e-Books stehen bei den führenden Online-Portalen (z. B. iBook-Store von Apple) zum Verkauf.

Seit 2009 bietet tredition sein Verlagskonzept auch als sogenanntes "White-Label" an. Das bedeutet, dass andere Personen oder Institutionen risikofrei und unkompliziert selbst zum Herausgeber von Bücher und Buchreihen unter eigener Marke werden können.

Mittlerweile zählen zahlreiche renommierte Unternehmen, Zeitschriften-, Zeitungs- und Buchverlage, Universitäten, Forschungseinrichtungen, Unternehmensberatungen zu den Kunden von tredition. Unter www.tredition-corporate.de bietet tredition vielfältige weitere Verlagsleistungen speziell für Geschäftskunden an.

tredition wurde mit mehreren Innovationspreisen ausgezeichnet, u. a. Webfuture Award und Innovationspreis der Buch-Digitale.

tredition ist Mitglied im Börsenverein des Deutschen Buchhandels.

Zeitfracht Medien GmbH
Ferdinand-Jühlke-Straße 7
99095 Erfurt, Deutschland
produktsicherheit@kolibri360.de